がっかり行進曲

中島たい子 NakajimaTaiko

★——ちくまプリマー新書

271

目次＊Contents

挿画・装画　松尾たいこ

第1章　小学生のわたし

ブザーが鳴って、扉が開いて、わたしはバスから降りた。今日は午後から運動会のリハーサルで、段どりだけをやった。先生に言われたとおり、すなおに動く低学年、リハなんてめんどー、と大人な顔してる六年生、どっちでもないわたしたち五年生は、今からテンションあげちゃって、採点ボードを倒して怒られた。まだ学校に残ってやらなくてもいい練習をしている人もいる。けど、わたしはママの顔が浮かんだので帰ってきた。

バス通りから、わたしの家がある道に入り、去年、古い家を壊してできた空地の前で立ち止まった。夏はもわっと匂うほど茂っていた雑草も、からからになって頭を下げている。ひょろりとしてる猫じゃらしは、わたしみたいだ。そこだけ家がないから、見上げればぽっかりと空が見える。明日は晴れるかな？　うすい水色で、下のほうは少しオレンジっぽくなっている空を見つめていると、胸がつまるような感じになった。気のせいと思うために、わたしはつぶやいた。

「明日は、運動会か」

明日は、遠足。明日は、合唱コンクール。明日は、臨海学校。明日は、クリスマス会。明日は日曜で、洋服を買ってもらって、その後にレストランでお食事をする日。

明日は……という日の夜になると、そいつは、やってくる。襲ってくるのは、たいてい真夜中。きゅーっと胸が苦しくなって、がまんできなくて、せきをして起きあがると、ゼェーッ、と胸が鳴る。それは、なっちゃったのサイン。

やっぱり、ね……。

じゃないかって思ってた。でも、すぐには信じたくないからその音がしないように、鼻で息をしてみる。ゼェーの代わりに、ヒュー、ピーと、まぬけな笛みたいな音が気管支から聞こえてくる。その音も止めたいから、息をしない、なんていうこともしてみるが、命は止まっても、それで発作が止まるなんてことはない。息を止めても、止めなくても同じぐらい苦しくなってきて、吸えばヒュー、吐けばゼェーッ、とわたしを楽器にして音色を奏でることをやめない。はい、わかりました。こうなっちゃったら、みとめるしかない。お金を払っても、去年ホトケ様になったおじいちゃんに祈っても、ベンゴシたてても、治まるものじゃないとわかってる。

なっちゃったら明日は……ない。

校庭のトラックをバトンを持って走っているわたし、山の頂上でみんなとお弁当を食べているわたし、洋服を試着してるわたし、チョコパフェを食べているわたしは……はい、消えた。ベッドの上にいるのが、明日のわたしだ。私にとっては、よくあること。幼稚園のころから、眠れない夜の記憶がある。おかげさまで、どうにか五年生までは死なないできたけれど。実は、わたしは今まで運動会ってものには一度も出たことがないのだ。

だから「がっかり」するのには、なれてる。

なれているけれど、発作が落ち着く明け方までの長い夜が、また始まると思うとユーウツだ。眠れないから、いろいろ考えちゃう。わたしが運動会に出ないとなると、人間ピラミッドの上から三段目の端には、誰が入るんだろう？　まさか先生ってわけにはいかないよね。もっと心配なのは、わたしの班は応援タイムに、「白」「組」「が」「ん」「ば」「れ」「！」と背中に一文字ずつ書いたTシャツを着て、本物のチアガールが持つようなポンポンを持って、女子七人でダンスをするんだけれど。「ば」のTシャツを着るわたしが休んだら、どうなっちゃうんだろう？　こんなことなら「ば」じゃなくて、せめて「組」か「！」の担当になっておけばよかった。それか、最初から「すみません、当日にならないとちょっとわからないんで……」って、パパが飲み会に誘われたときみたいに言って、練習に参加しなければよかったかな。でも、そういうわけにもいかないし。わたしだって、今年こそは出れると思った。ママもそう思っていただろう。

わたしががっかりするのを見て、ママはがっかりする。

明日のために準備してあった鶏《とり》の唐揚げや玉子焼き、おいなりさんを、ベッドで寝て

いるわたしのところに持ってきて、かわいそうな実花《みか》、って顔をするだろう。そんなママを、

「まあ、いつものことじゃん」

と笑ってはげまさなきゃならない。なんだか、どっちが病気なのかわからない。パパもかわいそうだと思って、マンガか何かを買ってきてくれるだろう。

「運動会なんてつまらんよ、行かなくて正解だよ」

なんて笑って言って、あとからママに「無神経だ」と怒られちゃうのだ。

わたしは平気なんだけどな。なれてるから。

楽しい予定があっても、ふだんからあまり期待しないようにしている。だから、いつも元気な子が運動会に出れなかったときの「がっかり」ほど、がっかりはしていない。ベンチの選手に出番がなかった、ぐらいの「がっかり」かな。基本出れないとわかってるけど、それでも少しは期待しているから、がっかりしないわけではない。でも、それにもなれてるってこと。

クラスのみんなも、わたしがいないことに、なれてる。

またか、って思われるぐらいだ。でも、「ば」がないことに気づいたら、みんな急に怒りだすような気がする。光樹《こうき》くんに朝よってもらって、「ば」のTシャツを持っていってもらおう。難しいダンスじゃないし、誰かが代わりに着て踊ってくれるだろう。

……窓の外が白っぽくなってきた。でもわたしの胸は、ヒュー、ゼェー、と鳴りやまない。空が明るいから明日は、いや今日は、晴れるだろう。ヒュー……快晴でも……ゼェー……大雨でも……ヒュー……わたしには関係ないけれど……。

「実花ちゃん、どう？　Tシャツは光樹くんに持ってってもらったよ」

ようやく眠れたのは明け方で、お昼頃に目が覚めた。スズメがとなりの家の屋根の上をはねているのを見ていたら、ママが部屋に入ってきた。

「すごく不機嫌だった。『また、ぜんそくですか』って」

おなじクラスで、ぐうぜん家が近いというだけで、大島光樹くんは先生から頼まれて、休んでいるわたしに宿題や学級通信をとどけにくる。三学期の終業式を休んだときは、家に持ち帰らなきゃいけないわたしの図工の作品を運んできてくれたこともあった。そのときも、すごく迷惑だ、って顔をしながら。

「おれは、クロネコヤマトかよ」

いつものセリフが聞こえてきそうだ。だれだって、運動会の朝に遠回りして「ば」のTシャツをとりに来たくはないだろう。だいたい彼は、敵の赤組だし。光樹くんは、不機嫌なことも多いけど、ご機嫌で一方的に話しかけてくることもある。納豆が好きで、納豆とご飯のおいしい割合いを発見したとか、一パックに平均何粒入ってるとか、どうでもいい話を登下校の道で一緒になれば、ずーっとしている。いつもお世話になってるからと思って、できるだけ聞いてあげるけど、「仲いいよね」と、友だちのノリちゃんに言われると困る。だって、わたしが好きなのは二組の高田くんだから。

「佐野さんだよね。ぜんそくで、よく休むの？」

五年生になったばかりの頃、音楽の合同授業で高田くんにいきなり声をかけられた。

「保健の渡辺先生から聞いたんだ。おれもぜんそくなんだ」

いつも校庭でサッカーをしている男子の一人だったから、わたしは驚いた。

「そうなんだ」

「苦しくなったら、保健室でシュコシュコって、吸入してるよ。このまえもサッカーの試合の途中で苦しくなってさ、保健室で吸入して、どうにか乗り切った」

自慢げに彼は言って、コホンとわざとせきをした。

「ひどいときは休むけど、薬飲めば、ぜんぜん学校に来れるよ？」

同じぜんそくの人に、同じようなことをよく言われる。自分のことを説明するのは面倒なので、そうだね、とだけわたしは返した。

「病気に負けないで、がんばろーぜ！」

と彼は去っていった。同じぜんそくでも、彼みたいに軽くて、元気で、悩まない単純な人がいる。誰もが自分と同じように、薬で簡単に治ると思っているんだろう。ちょっと腹がたったけど、それよりも、話したことがない男子に声をかけられたことにドキドキしてしまった。高田くんは、バレンタインデーには女子からチョコをたくさんもらう男子の一人だったから、なおさらだ。それからわたしも高田くんのことを目で追うようになった。

今日の運動会でも、女子の声援をあびて、彼は全ての種目で活躍していることだろう。青くてどこまでも高い空を、ベッドから見上げて思った。彼も白組だから、「ば」のTシャツを着て応援したかったなぁ。でも、自分は地味な女子の一人だし、運動も得意じゃないからダンスも間違えるし、高田くんが、こっち向いて笑ってくれる、というような少女マンガみたいな展開は、あるわけない。パパが言うように、運動会も出たら出たで、そこまで面白くはないのかもしれない。だけど、それもまた想像だから、本当のところはどうなのか、わからない。

「寒くない？」

窓を開けて部屋の空気を入れかえてくれたママが聞いた。光樹くんの話から、いつの間にか高田くんのことを考えていたわたしは、首をよこにふった。

「なにか、食べられる?」

もう一度、首をよこにふった。昼間の方が呼吸は落ち着くので、食べられなくもないけれど、お弁当になるはずだったおかずを見たら、またいろいろと考えてしまうから。ヨーグルトだけ食べたいと言うと、ママは部屋を出て行った。わたしは枕元に重ねて置いてある本に手をのばした。『ドリトル先生』に『ムーミン』そして『パディントン』。こういう本を読んでる子は、クラスにはあまりいない。五年生にしては幼稚だし、ふつうの子はアイドルが出てる雑誌とかを読んでる。頭がよくて本が好きな子は、もっと大人が読むようなミステリーや、文字がいっぱいの文庫をかたっぱしから読んでる。そのどちらでもないのが、わたしだ。ママとパパも、ベッドで寝ているわたしに本やマンガを買ってきてくれるけれど、けっこうハズしてくれる。こちらもこだわりがあるので、二、三ページ読んで気に入らなければ、ごめんなさい、と机の下につっこむ。でも気に入った本は、何度も何度も、読むのが好き。今読んでる三冊も、表紙がすりきれちゃって『ジェインのもうふ』状態。この歳《とし》でどうかと思うけど。

「本、読むの？　疲れないようにね」

刻んだバナナ入りのヨーグルトを持ってきたママが心配する。わたしはドリトル先生の本をおぼん代わりにして、ガラスの器をのせた。病気のつらいところは、眠れないのにベッドに寝てなきゃいけないことだ。何もしないで寝てるのって、つらい。かといって、ママが言うように、テレビを観てもマンガを読んでも、ふだんより疲れちゃう。

「うん、だいじょうぶ」

でも、くり返し読んでいるお話の中には、すぐに飛び込めるから、らくだ。その本の世界のことは、自分のお家のように、すみずみまで、よーくわかっている。ほとんど暗記しているような文を読むのは楽しいし、その間は、今のわたしを忘れていられる。こだけの話、学校や自分の家より、わたしはよく知ってる本の中が好きかもしれない。とくに病気のときは……。物語の中にも、つらいことや、イヤなことは出てくるけど、終わりがわかってるから、安心して読める。どっちかというと主人公も、人間でない方がいい。人間の場合は『秘密の花園』とか『みどりのゆび』みたいに、ふつうじゃない子が出てくるお話がいい。

「パパが買ってきた本、またダメだったか。日本の本だって面白いよ？」

ママは、机の下からわたしがごめんなさいした本を引っぱりだして残念そうに見ている。同じ本ばかり読まないで、とママは言う。学校を休んでいるぶん、いろんな本を読んで勉強してほしいのだろう。でも、わたしは頭がよくなるために本を読んでるわけじゃない。

「お笑いは、日本が一番、だと思うよ」

わたしは、呼吸が苦しくならないようゆっくり返した。

「でも本は、外国のがいい。お金はらって、日本の小学生の話とか、なんで読むのか、わからない」

苦しい呼吸で、わたしが説明するのを、ママは困った顔で聞いている。

「わざわざ、読むんだから……」

ここじゃないところに、行きたい。ママが悲しまないように心の中でわたしは言った。

「わかりました。外国のお話か、動物が出てくるお話ね？」

ママはわたしのベッドに腰かけて、了解した。

「うん。できれば動物が主人公、か、ちょっとおかしな人が出てくる本」

「……わかった」

ママはうなずいた。そして、わたしを見た。

「じゃ、江戸時代の話とかは？」

「それは……いいかも」

わたしはヨーグルトを、少しずつ口に運んだ。ママはそのまま私をじっと見つめている。

「……ごめんね」

「なにが？」

ママは、息をひとつ吐いて言った。

「元気に、産んであげられなくて」

「は？」

わたしは、わざと意味がわからないというような声で返した。

「べつに、ママのせいじゃ、ないし」

「ママは、いろんなことが下手だから。あなたのことも上手に産めなかったのかもしれない」

「お料理も、お掃除も、上手じゃん」

「そんなことないわよ。ママすごくテキトーだもの」

「じゃ、わたしも、テキトーに産んだ？」

冗談なのに、ママは黙ってしまった。でも、首をよこにふった。

「それは、ない。お腹にいるときも、いろいろ気をつけたんだけど。まあ……でも何かが間違ってたのかも」

間違ってた……。今度はわたしが黙った。ママは続けた。

「つらい思いさせて、本当にゴメンね。でも、きっとよくなるから」

わたしは、ただ小さくうなずいた。

「そのためにも、少しでも調子が悪かったら、隠さないでちゃんとママに言いなさいね」

あ、始まった。

「大事なイベントの日に大きな発作が起きちゃうのはさ、その前からがんばりすぎてるからなのよ。用心しておけば悪くしないのに。本番目指してずっと無理してるから、当日に具合が悪くなっちゃうんだと思う」

遠まわしに、お説教だ。

「悪くなるときの感じとか、あるでしょ。もっと普段から注意して」

ママはため息をついた。

「がんばるのは、悪いことじゃないけどね」

ママが一人でどんどん話すので、わたしは返した。

「べつに、がんばってない。ふつーに、やってるだけだよ」

「みんなとは同じじゃないんだから。ふつーだって、がんばってることになるの」

「ママみたいにテキトーにできないだけ」

ママは黙って腰掛けていたベッドから立ち上がって、ずれている布団を真っ直ぐになおすと、聞いた。

「他になにか食べられない？」

あとからにする、と首をよこにふって、高く積んである枕によりかかった。なんでだか枕が高い方が、呼吸が苦しくならないのだ。ママは下にいるから呼んでね、と元気なく言って出ていった。部屋に一人になって、わたしは思った。

ママがわたしをいじめたのか？　わたしがママをいじめたのか？　どっちだろう？

答えは両方だ。そしてママはわたしを、わたしはママを、かわいそう、って思っている。こういうのを「傷つけあう」って言うんだって、テレビのドラマでやっていた。わたしはママを真似《まね》て、鼻から吐くため息をついた。同時に、ゼェーッと胸が鳴る。聞かないふりして、手に持っているドリトル先生の本を開けば、そこは遠いイギリスの、本当にあるかもわからない田舎《いなか》町。おしゃべりな動物たちと先生が楽しく暮らしている家に、病気のわたしは、もういなかった。

とろとろと眠ったり、本の続きを読んだりをくり返して午後を過ごしていたわたしは、ママが階段をあがってくる音に気づいた。もう夕方で、夜にかけてまた胸がきゅーっと絞まってくる時間だ。

「実花ちゃん、起きてる?」

ドアをちょっとだけ開けてママがのぞいた。

「苦しい?」

なんで健康な人は、病気の人に「苦しい?」「痛い?」「ぐあい悪い?」ってわざわざ聞くのかな。おぼれてる人に、「おぼれてる?」って聞くのと同じだと思うんだけど。

病人にも「今、何時?」「犬派、猫派?」ぐらい聞いて欲しい。

「つらいよね?」

ママは決めつけるように聞いて、ますます意味わからない。だけど、病人はそう聞かれるとつらくても「だいじょうぶ」と返してしまうのだ。わたしも首をよこにふった。

「無理してしゃべらなくていいから。あのね、さっき光樹くんが、帰りによってくれたの」

とママは笑顔になって、後ろに隠していたものをわたしに差し出した。

「はい、どうぞ」

目の前がパッと明るくなって、それは白のポンポンだった！　今日の運動会のために、本物のチアガールが持つようなポンポンを、六年生に教えてもらってみんなで作ったのだ。スズランテープをイスの背中に何十回も巻いて、まとめて結んで切って、くしでテープを一枚一枚ていねいに裂いてく。糸みたいに細く裂くほどフワッフワッになるので、みんな授業中に内職して、担任の二宮先生に怒られた。わたしも、このポンポンを持って、「ぱ」のTシャツを着て、応援ダンスをする予定だった。ママから受けとると、昨日もリハーサルで持ったのに、久しぶりにさわったように感じた。

「光樹くんが、届けてくれたの。ダンスやった子はみんな、ポンポンを記念にもらって帰ったから、って」

「光樹、くんが？　持って、きた、の？」

運動会に出れなかったわたしがかわいそうだから、持っていってあげて、と女の子たちに頼まれたのだろう。でも、よく持ってきたな、とびっくりした。ポンポンなんて女の子しか持たないものだし、そもそも目立つように作られているものだし、カバンにも入らないし、これもってバスに乗るなんて、男の子だったら死ぬほど恥ずかしいと思う。クロネコヤマトの人だって運んでくれるかどうか。

「みんな、実花ちゃんのこと想ってくれてるんだね。嬉《うれ》しいね」

ポンポンを見つめていたわたしは、ママの言葉にうなずいた。苦しい胸が一瞬、すっとしたように感じた。

「パパが実花にって、お寿司を買ってきてくれたけど、少し食べる？」

わたしはママとパパが心配しないように、お寿司を少し食べて、本もあまり読まないようにして、早く治るように静かに過ごした。積んだ枕にもたれて、ときどき手をのばしてスタンドの下においてある白いポンポンに触れると、静電気でそれは生きているみたいに、ふわっと動いた。

学校をお休みすることには、なれている。けど、体調がよくなって久しぶりに登校する日は、どうも苦手だ。足がふらつくし、嬉しいはずなのにいまいち気分がのらない。病気明けの初日、これだけはなぜだか、なれない。

「実花が、運動会や、遠足のときに具合が悪くなっちゃうのは、秋とか春に日本は行事が多いからだと思うよ」

バス停でバスを待っていると、パパが言った。いつもはもっと早く会社に行くけど、そういう日の朝は一緒に行ってくれる。

「春や秋はいい季節って言うけどさ、変わり目だから体はついていくのが大変なんだよ。元気な人でも体調を崩すし、老人は死にやすい」

言われれば、おじいちゃんも春に死んだよね。はげましてくれてるのか、よくわからないけど、わたしはうなずく。少なくとも「実花の性格がそうしている」というママの説よりも、受け入れられる。

「真夏や真冬には、あまりぜんそくにならないだろ？」

「そうだね。夏休みと冬休みは、わりと元気」

友だちにも「休みのときは元気なんだね」と、変な感じで言われる。登校拒否してるって思われてたら、いやなんだけど。

「成長すれば体も強くなるから、季節になんか負けなくなるよ」

バスが来たので、そう言うパパに続いて乗った。パパは終点の駅まで行く。私はその一つ前のバス停で降りて、そこから学校まで歩く。定期を見せて、窓側の席に座ったら、ちょうど光樹くんが向こうから駆けてくるのが見えた。

「あっ、光樹くん」

わたしの声が消えるぐらいにバスのエンジンが大きくうなって、バスは走りだしていた。止めてくださいと運転手さんに言いたかった。となりに座ってるパパも光樹くんに気づいて、あーあ、と残念そうな声を出した。寝グセの髪をトサカみたいに立てて不機嫌な顔をしている彼を、わたしたちは窓ごしに見送った。

「光樹くんも、転校生だっけね」

パパが言って、私はうなずいた。わたしは三年生の一学期、彼は四年生の一学期に転校してきた。光樹くんのママが、うちにお茶しに来たとき、前の学校はいじめがひどくて、それで転校してきたとママに話していた。上級生に頭を踏まれて、道路の砂利がこめかみに入ってしまって取り出すのがたいへんだった、と光樹くんのママは涙声で言っていた。わたしはとなりの部屋で聞いていて、びっくりした。ひどい学校にいたんだなと思った。けれど、しばらくして彼がいじめられてしまう理由が、なんとなくわかってきた。まず光樹くんは見かけが、あまり明るい感じではない。どこで買うんだか、茶とか灰色とか、おじいさんみたいな色の服しか着ないし、背も低くて、ママが彼もアレルギーなんじゃないかと言っていたけど肌も浅黒い。全体的にさわやかなところがないのだ。

子供って、けっこうそういうところに敏感で差別する。とにかく、いじめから逃げてうちの学校に転校してきた光樹くんだけど、半年後には「しょーお」というあだ名を、ここでもつけられてしまった。

移動教室で水生動物園に行ったとき、天然記念物の「オオサンショウウオ」が展示されていて、光樹くんがはりついてそれを見ていたもんだから、男子の一人がふざけて、

「おおさんしょーお、おおしましょーお、ともだちか？」

と言って、それから「しょーお」になってしまったのだ。わたしは、ママに怒られるし、前の学校のことを聞いてしまったからさすがに「光樹くん」と呼んでるけど。うちの学校も、いじめがまったくないということはないのだ。なんで、いじめられる子は、どこでもいじめられてしまうのだろう。そうなってしまう理由が、外見の他にもある。

転校生で入ってきた日から、なんていうか、光樹くんは自分の家にいるみたいにふるまう。一方的に自分の話ばかりするし、先生にもたてつくし、機嫌が悪いと口をきかないし、誰かがふざけて言ったことも、一緒に笑ってごまかすとかできなくて、気に入らな

いと睨《にら》んで返してきたりする。みんなが同じようにしなきゃいけないのが学校だから、「なじまない」って、けっこう問題だ。そういう子は女の子でも、いじめられることが多い。

「実花？　気分悪い？」

パパが、私の方を見た。

「ぜんぜん、だいじょうぶ」

わたしはいじめられてはいないけど、ひさしぶりに学校に行くときは、どうしていいかわからなくなる。おはよー！　と元気に教室に入っていった方がいいのか、まだ病気っぽくしといた方がいいのか。授業では発言した方がいいのか、黙っていた方がいいのか。教室の匂いとか、みんなのざわざわしてる感じとか思い出すと、どうやってそこにまた「なじむ」かを考えちゃって、ようやく出られたお布団に、もどりたくなってくる。

「具合が悪かったら、無理しないで帰ってくるんだよ」

パパがわたしの顔を見て言った。

「だいじょうぶ。じゃ、いってきまーす」

　わたしは元気よく返して、バスを降りた。パパを乗せたそれが行ってしまうのを道から見送って、わたしは息をついて、学校に向かって足をふみだした。他のバスから降りてきた同じ学校の子が、わたしの前を歩いている。四年生の三井くんという男の子で、彼は片方の足が悪い。右足をひきずるようにして歩くんだけど、雨の日も雪の日も自分で歩いて学校にくる。みんなと一緒に鬼ごっこなんかもしてるから、すごいなぁ、と思う。わたしの学校には、彼のように障害を持っている子が何人もいる。体の弱い子や、勉強についていけない子、じっとしてられない子、それから、スポーツや芸能など、学校の外の活動で忙しい子も通っている。自由にのびのび子供を育てる方針だから、自分のペースで通える学校なのだと、転校するときにママはわたしに説明した。小学校から高校まである学校だし、その学校に行ってのんびりすれば、わたしの病気もよくなるかもしれない、って。そのとき通っていた学校は、どんどん勉強が進んでしまってたいへんだったので、その方がいいかなと思って、転校することにした。

だけどこの学校だって、学校だ。

わたしは、足をひきずって前を歩いている三井くんの靴を見た。彼の靴は、足が悪い人用の特別な靴で、いつだったか、その靴が下駄箱から無くなったと彼が先生に泣いてうったえているのを見たことがある。ひどいことをするなとは思うけど、しかたないような気もする。わたしだって休んでいる間に、机の中にゴミを入れられたり、ブルマがなくなってたりする。

三井くんも、光樹くんも、そしてわたしも、学校が変わったことで、その問題がまったくなくなるわけではない。いろんな人がいる学校だからこそ、それがわかる。物語の中みたいなことはないよね、って。だから物語って、売れるんだと思うけど。わたしは、一生懸命歩いている三井くんを、ゆっくりと追い越して学校に向かった。

「佐野さん、おはよ」

大きな木の下にある校門を入ると、ランドセルをがちゃがちゃいわせてノリちゃんが駆けてきた。うちの学校はカバンは指定されてなくて、ランドセルでなくてもいいのだけど、ノリちゃんも転校生で前の学校のを使ってる。

「佐野さん、ひさしぶり。もういいの？」

うん、とクラスで一番仲良しの彼女に、わたしは返した。そしてすぐに聞きたかったことをたずねた。

「応援ダンスって、わたしの代わりに誰かが踊ってくれた？」

「ダンス？　ああ、運動会のね」

ノリちゃんは遠い昔のことのようにポニーテールをゆらして言った。

「ミッチーが『わたしが代わりやる』って言って、佐野さんのTシャツ着て踊ったよ。すぐにふりつけ覚えちゃってさ。さすがだよね」

「そうなんだ。ならよかった」

ミッチーはクラスで一番元気で、おっぱいも誰より発達していて、なにかとみんなの中心になってる子だから、わたしは納得したけれど、がっかりした気持ちにもなった。

ノリちゃんが、そうだ、と何か思い出してわたしの方を見た。

「テープで作ったポンポンだけどね、みんな記念にもらったの。佐野さんもすごくていねいに作ってたから『そのポンポンは佐野さんにあげようよ』って、わたしミッチーに言ったんだよ」

ノリちゃんは言いにくそうに続けた。

「そしたらミッチーがさ『Tシャツはいらないけど、ポンポンはわたしも記念に欲しい』って言うの」

わたしは口を開けて話を聞いていた。

「二宮先生もね、佐野さんにあげなさいって、後からミッチーに言ってくれたの。そしたらミッチー『あげようと思ったけど、なくなっちゃった』とか言うんだよ。ぜったいウソだよね」

たぶんウソじゃない。そのポンポン、うちにあるから。とは言えなくて、わたしは黙りこんでしまった。

「あ、怒ってる?」

ノリちゃんに言われて、慌てて返した。

「ぜんぜん、だいじょうぶ。休んだわたしが悪いの」

その話はそこで終わらせて、わたしは下駄箱で靴を履き替えたけれど、頭の中でポンポンがどういう道をたどってうちに来たかを考えていたから、そのあとのノリちゃんの話はほとんど聞いてなかった。

「起立、礼、おはようございます」

他の学校と同じように、この学校も日直の声で始まる。わたしは背が高いから一番後ろの席だ。教室を見渡せば、問題や障害がある子はもちろん少数で、他はふつうにスポーツができる子、勉強ができる子、両方ができる子、できない子もいる。服装も自由だから、おしゃれをしてる女の子も多いし、お金持ちの家の子も、そこまでじゃない子もいる。のんびりしてる学校だけど、学校が終わってから進学塾で勉強をしている子もいる。わたしは、ぎりぎりに教室に入ってきて、一番前の席に座った光樹くんのボサボサ頭の後頭部を、もやもやした気分で見つめた。

「前の学校より、今の学校の方がいい？」

前に、光樹くんに聞いたことがある。

「ぜったい今の学校の方が、いい」

彼は即答した。

「前の学校の図工ってつまんなかった。先生に言われたとおり切って貼って塗るだけ。でも、今の学校の美術は、ねんども、木工も、好きにやらせてくれて、あんなギザギザのノコギリも使わせてくれるなんて、すげーよ。出来上がったものが、少し違くなっちゃっても、教室の後ろに並べてくれるし」

興奮して話す光樹くんに、わたしは驚いた。いじめられて転校してきたのに、また変なあだ名を付けられて、そのこともあったから聞いたんだけど。作ることが好きなんだなと思った。でも光樹くんの作るものは、少し違くなっちゃったとか、そんなかわいいものじゃない。なんじゃこりゃ？　っていうものばかりだ。みんなとは違うものを気にせず自由に作る光樹くんが、うらやましい。クラスになじまなくても「今の学校がい

い」と言える光樹くんが。わたしは光樹くんよりはクラスになじんでいると思っている

けど、本当はどうなんだろう？

転校してきてから、わたしはずっと「佐野さん」だ。

あだ名というのは、出席日数で発生するものなのだろうか。一番仲良しのノリちゃん

にすら、そう呼ばれてる。一度「わたしにもあだなを付けてほしい」と、彼女に頼んだ

ことがある。同じ転校生でも、すぐに「ノリちゃん」と呼ばれるようになったノリちゃ

んは、困ったような顔で考えていたけれど、

「佐野さんのあだなは『佐野さん』だよ」

と言われてしまった……。「考えとくね」でよかったのに、よけいに傷ついた。佐野

さんのあだ名は佐野さんって、それはおかしいでしょ。

「佐野さん」

出席をとっている二宮先生に呼ばれて、わたしは驚いて、

「はいっ」

と返事をした。

「おっ、来たか。元気になったかな？　よかったね。無理しないように」

二宮先生が言って、クラスの全員が私の方をふりかえった。わたしは目を伏せて机の中を整理するふりをしたけど、しばらくぶりに登校すると、いつもこれをやられるので迷惑だ。「病気がちな佐野さん」というキャラをおしつけられて、あだ名がまた遠くなる。チラッと光樹くんの方を見ると、彼もふりかえってわたしを見ていた。目があって、慌ててそらした。あのポンポンは、女の子たちに頼まれて光樹くんがしぶしぶ持ってきてたんだと思っていた。でも、ノリちゃんの話から考えると、彼が自ら、ミッチーの目を盗んでわたしに持ってきたということになる。

……なんとも言えない気持ちになった。

よけいなことをしないで欲しいと思った。べつにそこまで仲良くないし。だけど、彼から見てもわたしは「かわいそうな佐野さん」なのかも。両生類からもらったあだ名であっても、あるだけましってこと。

「では、教科書を開いてください」

そのまま二宮先生が算数の授業を始めて、となりの席の子が親切に、分数の割り算まで進んだよ、と教えてくれた。わたしは同じところを開いたけれど、書いてあることにまったくついてけなくて、大河ドラマを途中から観るような感じがした。でもこの感じにも、なれている。だから慌てない。シャーペンを出して、ページの端っこにムーミントロールの絵を描いた。上手に描けたので、吹き出しを付けて、

『だいじょーぶ』

と言わせた。彼らもここにいるんだと思うと、なんとなくホッとして、わたしはとりあえず、みんなや先生が言う答えを、わからなくてもノートに書いていった。


昼休みも図書室に行って、ノリちゃんに貸してもらったノートを見て休んだところを写した。教室でこれをやると、みんなが、教えてあげる、とか、そこ違う、とか言ってきてうるさいからだ。家でやっても、教えてあげる、とか、そこ違う、とママとパパが

同じくうるさい。図書室は、本がいっぱいあるからだろうか、物語の中のように静かで、一番好きな場所だ。グラウンドがよく見える大きな窓もある。ノートから目をあげると、高田くんがサッカーボールを持って他の男子と一緒に校庭に出てくるのが見えた。高田くんのあだなは「タカ」。そのままなのに、カッコイイ。もちろん、わたしは彼のことを「タカ」なんて呼んだことはない。話をしたのもあれが最初で最後だ。きっとこのまま話せずに、見てるだけで終わってしまう気がする。……今度のバレンタインデーに、おもいきってチョコをあげてみようかな。

「同じぜんそくの佐野さんだよね。ありがとう」

と笑顔で言ってくれるのを期待して。でも、誰だっけ？　って顔をするかも。ま、がっかりするのには、なれてるけど。

「あ、来てる。見てる、タカ見てる」

ビクッとして、ふりかえると、二組の岩崎さんだった。そういえば、岩崎さんも私と同じであだなかない。前髪をぱっつんと切ってる岩崎さんはマンガ雑誌をわきにはさんで、ニヤニヤしている。彼女はマンガおたくで、いつも図書室でマンガの模写をしている。上手だし速いし、面白くて見ているうちに仲良くなった。「楽しいところは最後に描くの。まずは大きなところから」と彼女に教わって、わたしも好きな絵を模写するのがけっこう上手くなった。でも、彼女はわたしほど、あだ名がないことを気にしている感じはしない。冷やかす岩崎さんに、

「べつになにも見てないよ。勉強してただけ」

わたしは首をよこにふって返した。

「そうですか、そうですか。了解、了解」

岩崎さんは、腕をくんだポーズで何度もうなずく。こういう変なしゃべり方をするから、彼女も仲間はずれにされちゃうんだよな。でも彼女はしゃべり方を真似されたり、バカにされても、

「いいの、わたしはこれで。個性が大事って先生も言ってるでしょ。自由なんだから、この学校は」

きっぱりと言う。この学校に通ってることを自慢にしているのだ。

『自由な教育と環境で、子供を個性豊かに育てる』

この学校のパンフレットにもそう書いてある。自由なのはいいと思う。服もカバンも自由だし、ああしなさい、こうしなさい、と言われたこともないし、前の学校のように、校長先生の長くてつまらない話を立ったまま聞かなきゃいけない朝礼もない。でも、個性っていうのが、いまいちわからない。光樹くんや岩崎さんは、誰から見ても個性的だからいいけど。わたしは、どうなんだろう？　病気で学校に来ないっていうのも「個性」なのだろうか？「佐野さん」があだ名、と言われるのと、それはどこか似ている。

あまりパッとしない個性だ。

「休んだところを写してるの。教室はうるさいから」

わたしはノートを指して、忙しいふりをした。

「そっか、そっか。おぬし、また運動会に出れなかったねぇ。お悔やみ申し上げる」

岩崎さんは、わたしの肩を叩《たた》いた。自由だからべつにいいけど、いちいち芝居がかってるから、こっちが恥ずかしくなる。個性って迷惑なときもあるよね。

「まだ来年がある。ラストチャンスにかけよう、佐野実花」

でも岩崎さんは、やさしい。すごくいい人なのに個性が強いというだけで、みんなに嫌われてしまう。個性ってホント、むずかしい。となりに座ってマンガを読み始めた彼女に、わたしは小声で話しかけた。

「……あのさ、応援のダンスで使ったポンポンなんだけど」

岩崎さんに、光樹くんがポンポンをミッチーから盗んで、休んでるわたしのところに持ってきたことを話した。

「なんで、そんなことしたんだろう？」

頭もいい彼女に聞いてみた。岩崎さんは、腕を組んだまま無言でいるので、わたしは自分の考えを言った。

「ミッチーがいつも『しょーお、気持ち悪い』って、いじめるから、仕返ししたんだと思うんだよね。わたしのポンポンでそれをやらないでほしい」

岩崎さんは突然、ヌホホッと奇妙な笑い声を発して、図書室にいる人がみんなこちらを見た。しっ、とわたしが注意すると、岩崎さんは声を小さくしたけれど、またニヤニヤ顔になった。

「バカだねぇ、アホだねぇ。ラブでしょ、ラ、ブ。わかってないな、佐野実花。女子失格っ」

わたしは、えっ、と言ったきり、かたまった。そして次に思ったのは、今日下校するときは、光樹くんと一緒にならないようにしなきゃ、ということだった。

問題のポンポンは、クローゼットの奥に押し込んでしまった。できるだけ、登下校のときは光樹くんと一緒にならないようにして、それでもバスの中で顔をあわせてしまったときなどは、離れた席に座ったり、前ほど話さないようにした。でも彼の方は気にせず、機嫌がよければいつものように一方的に話をしてくるので、わかってないなといらいらした。だから、岩崎さんに言われた「ラブでしょ」も、見当違いに思えてきた。だいたい彼が女の子を好きになるなんて、ピンとこない。彼が好きになるのは「おかめ納豆」ぐらいじゃない？

そんなことを考えていたら、下校時に彼の姿を見ることがぱったりとなくなった。不思議に思っていると、二組に転校してきた西原くんという男の子と一緒に、バス停とは逆の方向に帰って行くのを目撃した。西原くんにつきあって電車の駅から遠回りして帰っているようだ。変な感じがしつつも、彼に相棒ができたことに、わたしはちょっとホッとしたのだった。そのうちポンポンもクローゼットから出して、部屋に飾ることができた。

そして、もう十二月になるという頃。珍しく雨が続いて、湿気のせいか、またわたしは発作を起こして学校を休んでしまった。けれど、いつものように先生に頼まれて、光樹くんがなにかを運んでくることはなかった。

「最近、光樹くんを見ないわね」

「西原くんっていう友だちができたから」

わたしはママに返した。それはよかったわね、とママは自分の子供のことみたいに喜んでいた。

ところが、ひさしぶりに学校に行くと、予想してなかったことが起きていた。なんと光樹くんも欠席していたのだ。ノリちゃんによると、彼も先週から休んでいるという。風邪だって一日で治るといつも自慢してる彼が？　二宮先生は、なぜ彼が休んでいるかを話さないというから、ますますおかしい。

「どうしたんだろうね」

わたしが言うと、ノリちゃんはわたしを見ないで返した。

「なんかあったんじゃん」

これは、わたしが休んでる間になにかあったなと思った。図書室で岩崎さんに聞いてみたけれど、クラスが違うからわからないな、と言っていた。光樹くんがいないクラスは、いつもよりスムーズにことが運んだ。授業のベルが鳴る直前に、どうでもいい質問をする彼もいないし、掃除のときに、自分が気に入るように机を並べたがる彼もいない。「しょーおが触ったあとは嫌だ」と、蛇口を譲りあって女子が騒ぐこともない。それを遠くから睨んで見ている光樹くんもいない。わたしも、嫌な気持ちにならなくて、らくだった。けれど、光樹くんの休みは「わたしか？」と思うぐらいに長く続いて、本当にどうしたんだろうと心配になってきた日の朝、

「今朝は、国語の時間を削って、少しみんなと話をしようと思います」

出席を取り終わると、二宮先生が突然、重い口調で話し始めた。

「大島くんが、ずっとお休みしているよね。どうして休んでいるか……知っている人もいると思います」

担任の二宮先生は、ちょっと太っていて、顔はやさしい感じの先生だ。うちの学校の先生はいろいろで、おしゃれな先生もいるし、いつもジャージの先生もいる。校長先生だって、たまにしか背広を着ない。二宮先生はおしゃれじゃない方で、よくてポロシャツにジーンズぐらいだけど、お見合いで結婚する前は、もっとよれよれでひどかった。

外見と違って、声はすごくとおるから、授業も聞きやすい。音楽の橋本先生みたいにペチャクチャおしゃべりでないのもいい。でも今日の二宮先生からは、やさしい感じは消えていた。声も低くて、眉毛を真ん中によせて困ったような顔をしている。それが先生にとってマックスで怒っている顔だってことが、話を聞くうちにだんだんとわかってきた。

「……この寒いのに、緑川公園の池に……入ったからです。工作の授業で作った船を探すために、大島くんは、冷たい水の中に入ったので、重い風邪をひきました。だから、休んでる。昨日、先生はお見舞いに行ってきました」

わたしは、ぽっかりと空いている、光樹くんの机を見つめていた。

「大島くんに話を聞きました。水につかってまで探したのは……彼が粘土で作った船でした。それが浮くかどうか、池で確かめた、と大島くんは言ってますが、本当ですか?」

クラスの全員が黙っていた。先生はみんなの顔をぐるっと見て言った。

「何人かは、そこにいたはずです。下の学年の人が見てましたよ」

はい、そこにいました、とは誰も言わなかった。代わりに、

「しょーおが、浮くわけないのに浮くっていうから」

男子の一人がつぶやくのが聞こえた。

「なんだって？　富山くん？」

「二組の西原くんが、粘土で船なんか作っても、浮くわけないじゃん、って言ったんです。そしたら、しょー……大島くんが怒りだして。油粘土だし、中に空洞も作ってあるから浮かぶって。じゃあ、池で試してみようぜ、って西原くんが」

そこにいなくても、光樹くんとみんなのやりとりが目に見えるようだ。ありそうだな、と思ったけれど、黒板の前の椅子に座っている二宮先生は、両膝に両手を置いて、下を向いてる。

「船が、浮かぶかどうかでケンカになったことを、先生は怒ってるわけじゃない」

先生の声はもっと低くなって、教室に響いた。

「みんなで池に行って、船を浮かべてみたんだね？　でも、それは沈んでしまった。大

島くんは慌てて池に入って、膝の上まで水につかって、沈んでしまった船を探した。でも見つからなくて、日が暮れるまで探してたそうじゃないですか。みんなはそれを……ただ黙って見ていた」

顔をあげた先生の目に涙がたまっているのがわかった。

「なんで……何もせず見ていられるの？　探すの手伝うよ、と言う人はいなかったの？」

先生はちょっと黙って、小さく首をよこにふった。

「それができないなら、冷たいから水に入ってはだめだ、って言って彼を止めるでしょう？　やめなさいって」

先生の声は急に大きくなった。

「一人でも、『もう、やめなよ！』って言う人は、いなかったの？」

すごく小さな声で、言ったたって聞かないよ、と誰かがつぶやいた。先生に聞こえたかどうかはわからない。先生は太い指で涙をぬぐった。

「……冬の池より、人は冷たくなれるんだね」

教室は、静かだった。先生がそう言ってからは、誰もしゃべらなかった。

「先生には、わからない。なんで、そういうことが起きるのか。悲しくて怒る気もしない」

二宮先生は、どこを見ているかわからない目でしばらく黙っていたけれど、ため息をついて立ち上がり、なにも書いてない黒板を、端からきれいに黒板消しで拭《ふ》き始めた。

先生の背中を見ながら、こんな先生を見るのは初めてだと思った。そこにいるみんなが、暗い気分になった。私のように、そんなことがあったのだと初めて知った子も、全員が、光樹くんに悪いことをしたような気持ちになっていたと思う。

「……じゃ、国語の授業を始めます」

先生は私たちを見ないで、教科書を開いた。まだ話が続くと思ったから、みんな少し慌てて、教科書を出した。二宮先生は、わたしたちにいつもやるなと言ってる棒読みで、教科書を読んでいた。逆に、もう少し長くお説教してくれた方がらくになったかもしれなかった。

怒られたことで、午前中はみんな元気がなかったけれど、昼休みには女の子たちが集まって、

「なんでわたしたちまで怒られなきゃいけないの」

文句を言いはじめて、いつもの雰囲気にもどった。男の子たちは逃げるように教室を出ていって、何もなかったかのように大きな声で騒いでいた。放課後になると、だれも朝のことなど忘れてしまっているようだった。でも、わたしはもやもやしていて、帰りのバスの中でも光樹くんのことを考えていた。考えれば考えるほど、自分のせいのように思えてきた。自分が光樹くんに冷たくして、それで西原くんと帰るようになったのだとしたら。だいたいヤクザみたいな言葉をつかう西原くんと、光樹くんが合うわけがない。二人とも、独りでいるよりいいから、なんとなく一緒にいるだけだ。頑固な光樹くんに、西原くんもいらいらしてきて、いじめたくなったに違いない。クラスの何人かも、面白がってそれに乗っかったのだ。

もし、そこにわたしがいたら、どうしていただろう?

みんなと同じように、池の中から意地になって出てこない光樹くんを、ただ黙って見ていたように思う。大きなため息がでた。もうこのことは考えないで、家に帰って岩崎さんに借りたマンガでも読もうと思った。でも、涙を流している二宮先生の顔が、どうしても頭から消えなかった。パパが大笑いして泣いているとき以外に、大人の男の人が涙を流しているのを生で見たことはなかった。先生が泣くほど、大変なことが起きているのだろうか。もやもやが消えないまま、降りるバス停が近づいてきた。わたしはブザーを押しながら、前に彼から聞いた言葉を思い出そうとしていた。なんだっけ、キョー……。

「ただいまっ。『キョーインジュータク』ってなに？」

カバンを置くなり、わたしが聞くと、アイロンをかけていたママは、こちらを見た。

「教員住宅のこと？」

「光樹くんが、そこに住んでるって、前に言ってたから」

「ええ、そうよ。お父さんが大学の先生だから、キャンパスの中にあるお家に住んでるわよ」

「キャンパス？　大学の中に住んでるの？」

光樹くんのことを、何も知らないことに気づいた。興味がないからしかたないけど。とりあえず行く場所がわかったので、わたしは手さげに、パパが買ってきてくれたけど、表紙を見ただけで却下した『日本の歴史と地図』という本を入れると、今脱いだばかりの靴をまた履いて、

「ちょっと出かけてくる！」

と家を出た。ママが玄関に出てきて、治ったばかりなんだから！　と言ってる。ふりかえらずに、だいじょーぶ！　と返した。

近所にあるその大学は、バス停からうちとは逆の方向にしばらく歩いたところにあって、学園祭をやっているときに、何度か来たことがある。大学生が屋台をいっぱい出していて、ここはインドとかロシアとか、他にも聞いたこともない国から勉強に来ている

人がたくさんいるから、見たこともない料理やお菓子を売っていた。光樹くんがこの大学の辺りに住んでるのはなんとなく知っていたけれど、中だったとは。住むところまで変わってるよね、と思いながら、小さな裏門からそのキャンパスに入ると、公園に来たみたいに急に静かになった。森みたいに木がどこまでもあって、ときどき建物も出てくるけれど、道はくねくねとずっと続いている。学園祭のときみたいに案内する人も看板もないし、予想していたより広いことに気づいた。

「キョーインジュータクってどこですか？」

建物から出てきた、髪の長い女の人に、思いきって聞くと、

「ずっとまっすぐ行って……」

指をさして途中まで教えてくれたけれど、そこまで送ってあげる、と言ってくれた。

わたしも帰り道がわからなくならないよう何度もふりかえって道を覚えた。

「誰の家に行くの？」

膝が破れている細いジーンズに黒い革ジャンを着て、厚い英語の本を抱えているお姉

さんに聞かれた。

「大島光樹くんの、お見舞いにきたんです」

「ふーん。それってカレシ？」

「違います」

と慌てて返した。

「だよね、カレシなら家知ってるよね」

教員住宅のマンションはここだよ、とお姉さんは入口にある郵便受けに「大島」の名前を探してくれたけれど、名前がないので、

「平屋の方かも」

建物の裏へとわたしたちはまわった。小さなお家が四、五軒並んでいて、その一つの屋根を見て、あっ、とわたしは声をあげた。屋根の上に光樹くんが立っていたからだ。

「あの子のお見舞いに来たの？　元気そうだね」

あぶないから下りた方がいいよ、と光樹くんはお姉さんに言われて、横にある木の枝

に飛びうつって、サルのように下りてきた。

「あなたのカレシ、ワイルドだね」

「だから違います」

わたしは否定したけれど、お姉さんは笑って、気をつけて帰ってね、と行ってしまった。ありがとうございました！　とわたしが手をふって見送っていると、

「佐野さんが、うちに来んのって初めてじゃない？」

光樹くんは機嫌のいい顔で言った。わたしはその時になって、お見舞いで来た、と言うのが急に恥ずかしくなった。

「あの、二宮先生に……学級通信持っていくように頼まれたんだ。光樹くんが休んでるから」

そうなんだ、と光樹くんは、わたしの話など聞いてなさそうに靴の先で枯れ葉を蹴《け》って、ドングリかなにかを探している。

「でも、それ学校に忘れちゃった。だから、本貸してあげる。病気で寝てるのって退屈

だから」

「寝てないよ」

そうだね、と私は返した。

「もう治ったんだけど……ママがまだ行くなって」

「それ、わたしもよく言われる」

光樹くんは、自分の家を指さした。

「向こう側が庭なんだ。体きたえる鉄棒がそこにあるんだ」

そう言って歩き出す彼について、庭へ行くと、

「……あれっ？」

どこかで見たことがある景色、と思った。いや、どこかで……読んだことがある庭だ。芝生《しばふ》があって、低い木に囲まれていて、その後ろには大きな木があって、外国の本に出てくるような庭だった。庭の芝生から続くように段差がなくて入れる家も、古そうだけれど、普通の家とは違った。光樹くんは、三角形に棒が組んであるだけの鉄棒で逆上が

りをしている。どう見ても小さな子供用で、それは彼の重さで脚がぐらぐらしている。

「あぶないよ」

わたしが言うと、後ろから大人の声がした。

「実花ちゃん、やっぱり来てた！　お母さんから電話があったわよ。寒いから二人とも入りなさい」

光樹くんは、鉄棒に逆さにぶらさがって、べーと舌を出している。幼いなぁ、とわたしは彼を見て思った。

光樹くんの家の中に入って、わたしはまた「なにかで読んだ」みたいな気持ちになった。でも、お庭のように好きにはなれなかった。ある物がみんな……気持ち悪かったからだ。動物みたいな人間みたいな顔のお面とか、黒いビンで作った人形とか、ソファーにかけてある布も色がいっぱいで、机も食器棚も椅子も黒々とした木で、模様が彫ってあって、どこを見ても落ち着かなくて休めるところがなかった。テレビとエアコンだけがうちと同じでホッとした。そしていつものように、暗い色の服を来ている光樹くんは、とてもこの家になじんでいた。

「いらっしゃい、実花ちゃん」

やはり色がいっぱいすぎる花柄のブラウスを着た光樹くんのママが、どうぞ、と運んできたのは、マグカップに入ったあったかい番茶みたいなものと、ポテトチップスだった。カップを持ったら湯気がとても甘い香りがするので、なんでだろうと飲んでみたらお茶でなくて、リンゴジュースだった！

「あったかいリンゴジュースなんて初めて！」

私が驚いているよこで、光樹くんは、バリバリとポテトチップスを重ねて食べている。ポテトチップスはふつうだった。

「お見舞いにきてくれてありがとう」

光樹くんのママがわたしに言った。うちのママより太っていて、歳もとってるけど、うちとは逆で陽気な感じだ。

「中学生のお姉ちゃんもいるから、いつでも遊びに来てね」

兄弟がいるんだ、と意外に思った。この何もかも変わってる家で、光樹くんにはわたしとは違う毎日があるんだな、と思った。

「光樹くん、元気そうでよかったです」

わたしが言うと、光樹くんのママが笑った。

「ありがとう。実花ちゃんは、ミスターより、ずっと大人ね」

ミスター？　なにそれ？　光樹くんのあだ名？　家でもあだ名をつけられてる……。

わたしが黙っていると、

「貸してくれる本って、なに？」

いつもよりも髪の毛がぼさぼさに立っている彼は言った。わたしは光樹くんを見つめた。本当は本を貸しに来たんじゃなくて……。

——今日ホームルームでね、二宮先生が、光樹くんのために泣いてくれたんだよ。

わたしは、そのことを伝えたかった。そのために、ここに来たんだと思う。でも彼は、屋根にのぼれるほど元気で、光樹くんのママも笑ってるし、家もヘンテコで、大学の門を入ったときから違う世界に迷いこんでしまったみたいだった。胸のもやもやはなくなったけど、頭の中がごちゃごちゃしてきて、とりあえず手さげから本を出した。

「パパが買ってくれたんだけど。わたし日本の歴史とか興味ないから。あげる」

絵や写真が多いその本を、光樹くんはパラパラ見ていたけれど、じゃ、もらう、とそれを閉じた。

「『世界の軍艦』って本あるけど、見る？」

ますます興味はなかったので、もう帰らなきゃ、と返したけれど光樹くんは、立ち上がってこっちこっちと行ってしまって、しかたなく彼についていった。一つの部屋が本棚で二つに区切られていて、たぶん向こう側はお姉ちゃんの部屋らしかった。小さなベッドがあって、そのベッドカバーがまた縄文土器の模様のような変な柄だった。本棚には本もけっこうあったけれど、学校で作った、なんじゃこりゃの粘土作品がずらりと飾ってあった。ランドセルは放り投げてあって、丸いちゃぶ台みたいな机しかないし、あまり勉強している感じには見えない。彼はお気に入りの図鑑を、いくつも引っぱり出して見せる。

「『世界の豪華客船』もあるよ」

ごってりしてる船が好きなのは、よくわかった。それを彼なりに粘土で作ったけれども、池に沈んでしまうような物体になってしまった。自分では浮くと信じていたのだろう。そこにも彼の幼さを感じた。もう五年生なのに、と。でもすりきれている図鑑を見て、人のことは言えないと思った。そこから出たくない気持ちもわかる。わたしも、その中にいるのが好きだから。なぜか、光樹くんのことが心配になると、自分のことも心配になってしまう。

「光樹くんさ」

わたしは彼の本棚を見ているふりをしながら言った。

「なんで、西原くんと一緒に帰るの?」

「なんでって。ヤツが一緒に帰ろうって言うから、つきあってやってるだけさ」

だけさ、か。強く出たな。無理して言ってる気もするけど、もしかすると、自分がいじめられてることに、本人は気づいてないってことだってある。そうなると、先生が泣いてくれた話もしない方がいいかも。

「ま、わたしには関係ないけど」

「うん、関係ないよ」

きっぱりと光樹くんが言って、わたしはちょっとムッとした。もう帰ろうかなと思ったとき、

「明日から行くよ、学校」

ちょっと照れてるような表情で、彼は言った。

「元気なのバレちゃったし。わざわざ、お見舞いに来てくれたのに、すみません」

ペコっと頭を下げた。自分がいじめられてることを「わかってない」けど、「わかってる」ということもある。

「……休んじゃうと、学校に行くのってけっこう難しいよね」

わたしが言うと、彼はちいさくうなずいた。

「実花ちゃん、お母さんが迎えに来たわよ」

光樹くんのママの声がして、わたしは顔をあげた。玄関に行くと、わたしのダウンコートを持っているママがいて、病み上がりなのにそんな寒い格好で、と怒っていた。ハイハイ、今帰ります、と返して、

「ごちそうさまでした」

光樹くんのママに挨拶をした。ママたちは笑顔で天気の話なんかをしていたけれど、光樹くんは、バイバーイ！　と自分の部屋から顔を出して言っただけで、見送りには出てこなかった。

帰り道、ママが行こうとする道がちょっと違ったので、そっちじゃなくこっちだよ、とお姉さんと一緒に来た道を教えて、色とりどりの枯れ葉をふんで歩いた。

「光樹くん、元気そうだったわね」

ママが真面目な声で言って、わたしはママの顔を見た。

「実花ちゃん。できるだけ光樹くんと一緒に帰ってあげなさいね」

光樹くんのママから全部聞いたんだな、と思った。わたしが黙っていると、ママは続けた。

「光樹くんのママね、実花ちゃんがお見舞いに来てくれて、すごく嬉しかったみたいよ」

ママの話を聞くほどに、足が重たくなってくる。ママもわたしもそれきりしゃべらず、見えてきた小さな裏門に向かった。その門から出ると、とたんに普通の家が並ぶ道になって、わたしは後ろをふり返った。門の向こうは、大きな木々がバリケードみたいに枝をのばしていて、まるで、いばら姫のお城から出てきたみたい……いや、違うな。というよりも、不思議の国のアリスみたいに全てが違うおかしな世界から、普通の世界にもどってきた感じ……だった。わたしは、どこにいたんだろう?

「どうしたの?」

「光樹くんって……なんか普通と違うとこに住んでるんだね。お家も変わってた。おやつにあったかいリンゴジュースがでたよ。すっごくおいしかった」

「お父さんが、お仕事で色々な国にいた人だから。あのお家も、外国人の先生たちが住むために作ったものだから、お庭とか素敵よね」

あの小さな裏門の中は、外国なんだなと思ったら、すこし納得した。

「光樹くんと一緒に、帰ってあげなさいね」

ママにもう一度言われて、しかたなく返した。

「……むこうしだいだよ」

一緒に帰ったところで、なにかがうまくいくとも思えない。光樹くんの世界は変わってる。でも彼は、こっちの世界の方が変だと思ってるかもしれない。だけど、学校は門の外にあるから、冷たいふつうのリンゴジュースを、彼は飲まなきゃいけない。それは、わたしもだ。

自分の家がようやく見えてきて、わたしはホッとしたけれど、光樹くんの家にいたときから、ずっと胸がつまった感じがしていて、それはなおらなかった。家の玄関に入って、やはり気のせいじゃないとわかった。わたしはママを見て言った。

「ママ……光樹くんち……ネコ飼ってるかも」

翌日、光樹くんと一緒に帰ることはできなかった。なぜなら、またヒュー&ゼーになっちゃって、わたしが学校を休んだからだった。


ぜんそくが治まってようやく学校に行くと、光樹くんはちゃんと登校していたけれど、またがっかりすることが起きていた。

「タヌキー」

光樹くんに新しいあだ名がついていたのだ。粘土の船、つまり泥で作った船が沈んだから「カチカチ山」みたいだと、そう呼ばれるようになってしまった。光樹くんは、西原くんとはもう一緒に帰っていないようで、ママに言われてるので、一応帰るときは彼を探してみたけれど、一人で早々と帰ってしまうようだった。あれ以来、授業の終わりにとんちんかんな発言をしてみんなを怒らすこともなくなり、掃除のときに自分ルールを主張することもなく、その代わりサボるようになって、逆に女子から怒られていたが、睨み返すこともなく、へらっと彼が笑うのを見た。そんな光樹くんを見るのは、初めてだった。

「彼も、オトナになったのだよ」

岩崎さんは言う。学校を休んで、屋根にのぼっていた光樹くんを思い出した。彼にとってあれは、やはり大きな事件だったのかな。あの事件を忘れたくても忘れられないあだ名をまたつけられて、さすがに光樹くんも、変わらなきゃいけなくなった。でもそれを、大人になる、って言うのかな？　教室の後ろの席から、みんなを見て、誰かがすごく悪いわけではないんだけど、と思う。二宮先生に言わせれば、何もしないみんなが悪いのだけど、なんとなく、そうなっちゃうのだ。あだ名だって、ふざけて言ってるうちになんとなくついてしまって、わたしみたいに、なんとなくつかないこともある。そして、なんとなく大人になっていくのかもしれない。

枯れきって、みごとにぺっしゃんこになってる空地の雑草の上に、粉砂糖をふったように雪が降った。冬は体調がいいけれど、わたしは誰と遊ぶこともなく、あいかわらず本を読んで冬休みを過ごした。クリスマスプレゼントだった『プーさんのお料理の本』は、パパからもらった本の中でひさびさの大ヒットだった。物語に出てくるお菓子や飲み物の作り方が出ていて、それが出てくるところの文や絵もそえてある。さっそくいくつか作ってみたけど、簡単で、味もとてもやさしくて、物語と合っていて、すごく気に入った。イギリスの人って、こういうものを食べてるんだね、と言うとママは首をかしげた。

「旅行した人は、イギリスのご飯は美味しくないって言うけど」

わたしは、その人たちはプーさんを読んでないからわからないんだよ、とママに返した。

冬休みが終わって三学期になると、バレンタインデーはどうするか、という話ばかりになった。この時期いつも思うのは、男の子に生まれなくてよかったということだ。チョコをあげる、あげないは選べるけれど、チョコをもらう、もらわないは自分では選べない。もし自分が男の子だったら、学校に来たり来なかったりする、存在のうすい人に、女子はチョコなんてあげないと思う。

「タカにあげるんでしょ、チョコ？」

岩崎さんに図書室で聞かれて、ドキッとした。

「べつに……考えてない。岩崎さんは誰かにあげるの？」

がんばって無表情で返すと、

「あげるよ。現実の人じゃないけど」

岩崎さんは大好きなマンガが載ってる雑誌を抱きしめて言った。雑誌の編集部あてにチョコを送るのだそう。

「マンガのヒーローに送っても、食べるのは漫画家さんでしょ？」

「先生に食べてもらえば、わたしの愛がぜったい王子に伝わる」

ムフフと微笑《ほほえ》む岩崎さんは幸せそうだ。わたしも『あしながおじさん』に出てくるジャービスは素敵、と思うけど、その本の出版社にチョコを送ろうとは思わないもんね。

いっそ、岩崎さんみたいになれたらいいのにって思うけど、ふつうに高田くんにチョコをあげたいと思っているわたしがいて、日曜日に駅まで行って、それを買ってしまった。手作り用のチョコも売っていて、クラスでも作ると言ってる人が多かったから迷ったけれど、あまり知らない子から、いきなり手作りのチョコをもらうのは重いし気持ち悪いだろうと思って、やめた。チョコだらけの街をまわって、雑貨屋さんで見つけたサッカーボールの形をしたチョコに決めた。ママに見つからないよう、引き出しの奥にそれを隠したけれど、買ってしまうと、チョコを探していたときのウキウキした気分は消えて、ホントにあげるのだろうか？　と急に冷静になってしまった。なんでこんなもの買っちゃったんだろう。あげたって「あんた誰？」って顔されて、がっかりするだけだ。十四日が近づいてくるにつれて、だんだんと気が重くなってきた。

バレンタインデーって、楽しいことじゃなかったっけ？

そう、ただのお祭りだとママも言ってる。わたしのことを覚えていてもいなくても、「高田くんのファンだから、チョコあげるね！」ぐらいのかるい感じで、あげればいいじゃん。チョコの箱は濃いブルーの紙でおしゃれにラッピングされていて、完ぺきに見える。ベンチ選手にも、もしかしたらチャンスがあるかもよ？　でも、どうしよう、やっぱり……と迷っているうちに……。

明日は、バレンタインデー！

あげるかあげないか、夜になっても決められないでいるわたしは、今夜ぜんそくの発作が起きれば、決めなくても答えが出るのに、と思ってしまった。息を吐いてみたけれど、ヒューともゼーとも胸は鳴らなくて、大きなため息をついただけになってしまった。

なかなか眠れなかったけれど、呼吸の方は一つも乱れることがなく、気持ちとは違ってさわやかな体調で、朝目覚めた。完ぺきなチョコは、とりあえずカバンの底に入れて登校した。

「タカにチョコあげるんだ！　本命チョコだよ」

見せて見せて、と教室で女子たちにとりかこまれているミッチーは、自分でラッピングしたと思われるチョコの箱を見せた。

「もちろん手作り」

わたしは女子の輪の中に入って、ショックを受けながら、彼女があげるというそれを見た。ティッシュの箱かと思うような花柄の箱に、造花が付いたレースのリボンが結んであって、ミッチーは服はおしゃれなのに、なんでこんなにダサいのだろうと、びっくりした。これを、あげるんだ……と思っているとミッチーは、

「失敗しちゃったやつ持ってきたから、みんなにもあげるね、あとでこっそり食べよう」

タッパーを出して開けて見せた。色付きのアルミのカップに溶かしたチョコを流し入れて、カラースプレーをぱらっとのせただけのものなのに、ミッチーにはかなり大変な作業だったのが、わかった。他の女子からも、おいしそー、という声はあがらなかった。失敗した物から、成功した物もだいたい想像できる。

ホントに、これあげるのーっ⁉

わたしは、あげるか、あげないかでこんなに悩んでいるというのに、ミッチーは、こ

んなにひどいチョコレートを高田くんにぜんぜん悩まないであげようとしている。そのことがなによりショックだった。

「お昼休み、タカがサッカーしてるとこに持ってくんだ。みんなの前で渡したら彼、照れちゃうかな?」

みんなに聞くミッチーは、がっかりすることが起きるかも、なんてこれっぽっちも思ってない。これをもらって、ギョッとしている高田くんを、わたしが代わりに想像してしまった。

たいへん気になるので、グラウンドが見える図書室から、その様子を観察することにした。岩崎さんもつきあってくれて、二人して窓にはりついた。高田くんは男子数人といつものように、ゴール前でシュート練習をしている。

「手作りのチョコって、どう思う?」

「わたくしは、日持ちする高級チョコを送りましたよ。手作りは毒とか怨念とか入ってそうで、気味悪いでしょ」

「だよね……」

ミッチーが仲良しの女子を三人ほど引きつれてやってきて、その一人が高田くんを呼んで、彼はミッチーたちの方に来た。ミッチーがあのダサい箱を渡している。高田くんは何も言わず、こくりと頭を下げて、それを受け取った。ミッチーたちはキャッキャと笑いながら去っていって、高田くんは他の男子に冷やかされながら、ベンチの上に脱ぎ捨ててあったパーカーの上に、チョコをポンと置いて、またサッカーを始めた。わたしが何も言わないでいると、岩崎さんがつぶやいた。

「でもですね。雑誌のアンケートなど見ますと、男の人がもらって嬉しいチョコレートの一位は『手作り』なんですよ」

その情報に、わたしはまたショックを受けた。

「箱がダサくても？　マズくても？」

さあ、と岩崎さんは首をかしげた。その後も、グラウンドを走っている高田くんを見ているだけで、昼休みは終わってしまった。考えてるうちに時間はどんどんなくなっていく。でもそんなわたしにも、まだ一つ方法が残っていた。「靴箱に入れる」だ。

『ぜんそくに負けないで、がんばろうね！　1組佐野実花より』

と、カードには書いてあるから、直接渡さなくてもいい。ちょっと古くさい、ママが若い頃のやり方な気もするけど、しかたない。帰りのホームルームが終わって、すぐにわたしは教室を出た。彼の靴箱はわかっている。掃除やクラブがあるから、まだ帰る人もあまりいないし、カバンからチョコを出して、さっと一瞬で入れることはできる。これが本当に最後のチャンスだ。それなのに、まだ、靴箱の前でわたしは悩んでいた。

「どいてくれる？」

びっくりしてふりむくと、光樹くんだった。わたしは慌ててそこから離れた。光樹くんは自分の靴箱から靴を出して履き替えると、帰っていった。また掃除をサボったようだった。わたしは一瞬チョコのことを忘れて、彼の背中を見送った。たしかに彼は少し大人になったのかもしれない。背も低いままだし、相変わらず黒っぽい服を着ているけれど。彼は、こっちの世界に用はないというように、さっさと帰っていく……。

わたしはどっちにしようか、まだ、悩んでいる。

誰もいなくなったので、わたしは高田くんの靴箱に歩み寄った。見ると、上履きとサッカーシューズの両方が入っていた。今日にかぎって早く帰ってしまったみたいだ……。

どこかホッとしているわたしがいた。

「はい、バレンタインデーだから、あげる」

帰ってきたパパに、わたしはチョコレートをあげた。高田くんに書いたカードはハサミで細かく切って捨てて、『お仕事がんばってね』とだけ書いた簡単なカードを作って付けた。パパは夜中まで起きてサッカーを観るぐらい好きだから変に思わないだろう。

実は、チョコを買うときに、最悪パパにあげることもわたしは考えていた。そのとおりになったわけだ。何も知らないパパはとても喜んでいた。

「嬉しいなぁ！　今年は会社でも一つしかもらわなかったんだよ」

ママも嬉しそうで、いつ用意したの？　とわたしに聞いた。

「いつも、お世話になってるので、気持ちばかりです」

岩崎さんを真似て芝居っぽく言うと、パパもママも笑った。パパは笑顔で箱を開けて、中を見ると一瞬黙った。

「あ、手作りじゃないんだ」

そのパパの言葉に、わたしは衝撃を受けた。

「いつも実花は、お料理の本を見て上手にお菓子を作るからさ。てっきり手作りだと」

わたしが言葉を失っていると、パパは慌てて、

「これは、また素敵なチョコだね」

食べるのがもったいない、といろいろ褒めている。わたしはさえぎってパパに聞いた。

「やっぱり、男の人は手作りがいいの？　すごくヘタでも？　マズくても？」

「そう……だね。好きな人が作ったものなら、ヘタでも嬉しいし、おいしく感じるよ」

わたしは口を開けて驚いていた。そうよね、とママもうなずく。

「ママのこと好きだから、まずくても文句言わないで食べるもんね」

「それは、本当においしいから」

パパはビクビクしながらママに返していたけど、夫婦の会話はどうでもいい。わたしは心の中で思った。

……ウソだ、ぜったい。

好きだからって、マズい味がおいしくなるわけがない。でも、それがこっちの世界ではありなんだと、数日後、わたしは知ることになる。ミッチーと高田くんが並んで一緒に帰っていくのを見たからだ。二人は、好きどうしだったってこと。すぐに二人のことは知れわたって、岩崎さんがはげましてくれた。

「だいじょーぶかい？」

「そのことに、がっかりしてるんじゃないの」

うまく説明できないけど、今回のがっかりはいつもと違う。

自分にがっかりした。

ぜんそくのせいにもできなかったし、考えてばっかりいる自分が嫌になった。いろんなことについていけない、こっちの世界がわかってない自分に、がっかりだった。

バレンタインデーが終わると、日差しがふんわりと明るくなってきた。芽はまったく出てないけど、空地の土の下でも、なにかが準備されているのがわかる。五年生もあと少しで終わりで、三学期の最後の週には、英語劇の発表をやることになった。全員に役がつくようなお話がいいということになって、一組は『ノアの箱船』というお話をやることになった。セリフの多いノアやその家族はやりたい人が多くて抽選になったけど、あとは好きな動物になって、セリフも自由に考えてよくて、先生が英語に訳してくれたのを暗記するだけだった。わたしは他の人とかぶらないような動物にしようと思って「カピバラ」にした。何の動物をやるか、決まった人から手をあげて申告していったけれど、最後まで手をあげない人がいた。

「何もやりたくありません」

光樹くんはそう言って黙りこみ、久しぶりにみんなを困らせた。サンショウウオやタヌキにされてきた光樹くんは、ぜったいに動物になんかなりたくなかったのだろう。またそれをきっかけにいじめられる可能性だってある。でも二宮先生は、全員が参加しなきゃいけないと言って、彼にピューマとかコンドルとか、カッコイイ動物を提案して、人間の役を作ってもいいと言ったけれど、「何もやりたくない」という彼の気持ちは変わらなかった。教室は最後にはしんと静かになった。

「劇に出たくないならさ」

沈黙をやぶって、男子の一人が言った。

「大島くんは、箱船を作ってくれれば、いいんじゃない？」

寸劇だから、簡単な衣装を作るだけで大きなセットまでは作らない、と先生は最初に話していたけれど、

「あっ、それはやる！　それならやる！」

光樹くんは身をのりだして大きな声で返した。先生はちょっと考えていたけれど、それでいくか、と言って、彼が箱船のセットを作ることが決まった。提案した男子は、光樹くんに「しょーお」とあだなをつけた男子だった。光樹くんに悪いことをしたと思っ

ていたのか、光樹くんといえば船と思っただけなのかはわからないけど、まさに「助け舟」だとわたしは思った。

光樹くんが二週間かけて段ボールで作った船は、絵本に出てくるノアの箱船とはまったく違って、かなり独特だった。みんなも予想はしていたけど、ここまでとは思ってなかったから、誰も、良いとか悪いとか、言うこともできなかった。二宮先生だけがすごく褒めていた。先生は光樹くんに聞いていた。

「どうして、こういう形にしようと思ったの？」

「中の生き物が生き残るためには、洪水に耐えられる形じゃなきゃいけなくて、卵は一番壊れにくい形にできてる、と聞いたからです。あと、洪水が終わって船が見つかったときに、中に何が入ってるかわかってもらわなきゃいけないから、中にいる動物の名前を全部英語で書きました。でも昔だから、英語じゃないかもしれないって後から思って、古代語みたいなのも考えて、書きまくりました」

卵の形の船は、目立つように七色で、その上に英語と絵文字が柄のように書かれて、すきまなくうめつくされていた。丸みを出すために、段ボールにもとても上手にカーブがつけてある。

「これが船って、すごいなぁ。遠い未来の船みたいにも見えるね」

二宮先生は感心して、わたしも同じように思った。そして、光樹くんが作るヘンテコな作品はみんな、同じように彼なりの考えがあって、その形になっているんじゃないかと、初めて気づいた。

英語劇の本番の日、講堂で一組から順に劇を発表をした。他のクラスはセットを作らなかったから、光樹くんのセットの前でお芝居が始まると、あれはなんだ？　と大騒ぎになったらしい。観に来ていた父兄や中等部の先生も、不思議な箱船に驚いたようで、口をそろえて褒めたそうだ。その場にいなくて残念だった。そう、「カピバラ」は、ぜんそくになっちゃって、箱船には乗れなかった。ごめんねカピバラ、生き残れなかったよ……。

「佐野さん」のまま、わたしは六年生になって、光樹くんを「タヌキー」と呼ぶ人もいなくなった。誰もが自分のことで忙しそうだった。中等部に進まないで他の中学を受験する人も多く、スポーツクラブや劇団に入ってる子たちも、授業が終わると急いで帰っていく。でもわたしは、できるだけ休まないで学校に行くことだけで、せいいっぱい。つまり何も変わらない毎日だった。

ぽっかりと空が見えるお気に入りの空地にも、青々とした雑草がまた生えてきた。けれどそれはすぐに刈られてしまい、わたしがまた具合が悪くて学校を休んでいるうちに、灰色のコンクリートの土台がそこにできた。それからはあっという間で、白い小さな家が二軒建って、空はすっかり見えなくなってしまった。わたしががっかりしていることなど知らない人たちが、週末になると家を見に来ていたけれど、しばらくして「売出し中」の看板がはずされたので、二軒とも売れたみたいだった。夏の終わりには、小さな車や、子供用の椅子が付いた自転車が家の前に置かれて、どの窓にもカーテンが付いた。その前に立って目をつぶれば、まだ空地が見えるのに、もう誰かがそこでふつうに暮らしているのが、不思議だった。

夏休みが終わった学校では、じきに運動会の練習が始まった。

「体調悪いので、見学していいですか?」

何度か体育の先生にそう言って、わたしは元気でも授業を二回に一度は見学にした。

具合が悪くなる夜は、いらいらしてご飯やお菓子を食べ過ぎることもわかってきて、そういうときは、あまり食べないで早く寝るようにもした。ママは「自己管理ができている」とわたしを褒めた。褒められたからって、べつに嬉しくもないけれど。

「その調子で気をつけて過ごしなさい。最後の運動会がもうすぐだもんね」

「うん。もし出れたら、最初で、最後の運動会だね」

去年よりがんばってないぶん、どこか冷めているわたしがいた。

そして、明日は運動会! という日が今年も来た。リハーサルでは、低学年の誘導をしたり、当日はタイムの記録や音響もまかされるから、六年生は先生と同じぐらいに準備で忙しかった。さすがにその日は、お稽古だからと先に帰る人もいなくて、「最後だから、思い出になる運動会にしようね！」と盛りあがって、みんな遅くまで残っていた。光樹くんも、応援幕にアニメのキャラクターを描いて、最後まで色を塗っていた。

「ああいうの描くのも上手なんだね」

久しぶりに帰り道が一緒になったので、バスの中でわたしは光樹くんに話しかけた。

「あんなのは簡単だよ。写すだけだから」

彼は返したけど、そっけない口調だった。わたしもそれ以上は話しかけなかった。わたしたちが降りるバス停が近づいてきて、光樹くんがブザーを押した。降りるとすっかり暗くなっていて、バイバイも言わないで、自分の家へと歩き出した光樹くんを、わたしは呼び止めた。

「光樹くん！」

彼はびっくりしたようにふりむいた。

「あのさ、今さらだけど、去年はポンポンを届けてくれて、ありがとう」

なんのことかわかってないようだった。

「去年の運動会の日に、応援ダンスで使った白のポンポン、届けてくれたよね」

ああ、と光樹くんは思い出したみたいだ。笑っているような困っているようなゆがんだ表情なのが暗くてもわかった。一年前の自分がやったことを恥ずかしく思ったのかもしれない。あのあといろいろあって彼も「オトナ」になったから、思い出したくないのかなと思った。すると、彼は言った。

「さわって、みたかったんだ」

えっ？　とわたしは聞き返した。

「あの、フワフワにさ。実は、おれも作ってみたかったんだ。クシで細かく裂いてくのとか見てて、面白そうで」

「……あ、そう」

「どうなってるかわかったから、家で作ってみたよ。うまくできたし。言うなよ、人に」

光樹くんは真面目な顔をしていた。わたしは、うん、とうなずいた。まさか、彼がポンポンを作りたかったなんて……わたしの想像をはるかに超えていた。そして光樹くんはチラッとわたしを見て、つぶやいた。

「……あいつにやるのも、もったいないし」

わたしは彼を見つめた。さわってみたかったし、ミッチーにあげたくもなかった。どちらもウソではないだろう。

「じゃ、明日」

と、光樹君は手をあげた。

「うん、明日」

「明日は、オレなんも届けないから。クロネコヤマトじゃないから」

光樹くんは背を向けて行ってしまった。

「だいじょうぶ。明日は出るから、運動会に」

聞こえないと思うけど、わたしは小さく返した。

その夜は、疲れたのか、ぐっすりと眠れた。

そしてついに、生まれて初めて、六年生で！　わたしは運動会に出た！　ハードル走では、遅いグループではあったけれど、前を走ってた人がコケて、わたしが一位になってしまった。パパとママは、わたしよりも嬉しそうだった。だって二人とも生まれて初めて、子供の運動会の応援に来れたのだから。でも、わたしの率直な感想は、観客が多いだけでリハーサルとあまり変わらない、だった。ただ「運動会の本番だ」と、誰もが思っているだけ。それが違いのような気がした。足が速い高田くんは、ほとんどの競技で一位になって、そのたびに女子がさわいで、足の悪い三井くんは、体操服は着ていたけれど先生と一緒にテントの下でほとんど見学していて、光樹くんは、かったるそうに一番最後にゴールラインをまたいでいた。

ふだん学校ではしっかりしてる子が、お父さんやお母さんと一緒にいると違って見えるのもおもしろかった。高田くんのお母さんは、お姉さんみたいに若くて美人で驚いたけど、高田くんが「ママ、ママっ！　早く来てっ」と、お母さんのことを呼ぶのを見ちゃったら、もう次のバレンタインデーで悩むことはないなと思った。

運動会も出たら出たで、いろいろある。

それがわかった。出てみないと、それもわからないから、やはり出れてよかった。終わって、グラウンドに出した椅子や机をみんなと一緒に教室に戻しながら、そう思った。

運動会の後には、続いて合唱祭という行事があったけれど、さすがに疲れが出たのか、発作が起きてしまった。

けれど、すごい「出会い」があった！

音楽の先生が合唱祭のために選んだ曲の一つに、わたしは夢中になってしまったのだ。本以外で、こんなにすごいと思うものは今までなかった。合唱用に編曲されているけれど、イギリスのとても有名なバンドの曲で、古い曲だけどすごく有名だよ、とパパも言っていた。合唱では英語のままで歌ったけれど、日本語に訳した歌詞を読んだとき、物語を読んでじわっときてしまうように胸が熱くなった。最初は低く静かに始まり、さびのところで高い音になるけどずっとやさしくて、教会の音楽みたいな、すこし悲しいけど温かい気持ちになるメロディーに、ショックを受けるような詩がのっかっていた。

そのままにしときなさい。

神様がそんなことを言うなんて！　信じられなかった。歌詞の中でそう言うのはマリア様だ。うちは仏教だけど、イエスキリストを産んだのがマリア様だってことぐらいは知ってる。昔の絵や、教会にある像を見れば、やさしいお母さんみたいな神様だ。神様は、ああしなさい、こうしなさい、今の自分を変えなさい、って言うものだと思っていた。「なにもするな」と言う神様がいるなんて、びっくり。"Let it be"「ほっときなさい」「あるがままに」っていう意味だと、辞書にも出てる。

そのままでいいの？　わたしも？

発作が起きて合唱祭には出れなかったけれど、あまりつらいと思わなかった。いつもは、早く治さなきゃと思って、明日は元気になるかなと毎晩願って、よくなってないといらいらした。なにがいけなかったのかな、とか、ママの言うとおりにしようとか、しないとか、わたしの気持ちなんて誰もわかんないんだ！　とか頭にきたりもした。でも、そのままにしときなさい、ってマリア様は言う。そっか、いいのか、そのままにしといて……と大発見をした感じ。「大丈夫」っていう言葉より、それは全身にじーんときた。

がっかりしたままでいい……そのままにしときなさい。

もちろん呼吸はつらいけど、なんだかゆっくり休めた。学校に行っても、無理しないようにとか、考えるのをやめた。よくわからないまま必死で休んだところのノートを写すのも、やめた。ただ、ぼんやり授業を聞いてみた。そしたら、みんなより遅れてるから授業がわからないんじゃなくて、たぶんわたしは算数が苦手なんだということがわかった。ママにそう話したら、学校の教科書とは違う、クイズみたいな算数の本を買ってきてくれた。それはとても面白く読めた。クリスマスにはパパが、その曲が入ってるアルバムと、同じバンドの他のアルバムもくれて、二枚のCDを何度も何度も聴いた。彼らが、ドリトル先生やパティントンと同じ国のミュージシャンだというのも、嬉しかった。音楽に興味を持ってから、本屋さんや図書館に行っても、今まで見なかった棚を見るようになった。岩崎さんに言わせれば、わたしも「オトナになった」のかもしれない。

六年生の三学期は、今までで一番学校を休まなかった。だったら遠慮しないでアルバム委員も、やってみればよかったと思った。バレンタインデーには、自分で作ったココアクッキーを学校に持っていって、ノリちゃんと岩崎さんにあげた。二人ともすごくおいしいと喜んでくれた。ミッチーは高田くんとは「わかれた」そうで、違う男の子にあげていたけど、今年は手作りじゃなくてトリュフという高級なチョコだとみんなに自慢して見せていた。わたしが、

「トリュフって、豚が探すキノコだよね？」

思い出して言ったら、まわりの女子がみんな、どっと笑って、ミッチーは嫌な顔をしていた。バレンタインデーが終わると、みんなの話題は、「サイン帳、買った？」に変わった。わたしも、チェックの柄のサイン帳を買って、卒業式までに、みんなに書いてもらった。どれだけ多くのサインとメッセージを集められるかにかかってるから、あまり仲良くない子も「書いて」と来る。「じゃ、わたしのも書いて」と返せるから、わた

しもけっこうな数のサインを集めた。でも、それに添えられているメッセージは、

『佐野さんへ　中学では、もっと学校に来てね！』

『佐野さんへ　元気で学校に来れるといいね』

『佐野さんへ　病気なおるといいね』

『佐野さんへ　学校に来いよ！』

ほとんどがこんな感じだった……。最後まで、わたしはそういう人で「佐野さん」のままだったな、とサイン帳をながめて、がっかりした。がっかりしたまま、卒業式の日になった。まあ、休まなかっただけ、幸せだと思わなきゃいけない。

講堂で校長先生から代表の人が卒業証書をもらって、みんなで一組の教室に戻ってくると、二宮先生が一人一人に声をかけながら、卒業アルバムと卒業証書を手渡していった。

「佐野実花さん」

わたしは呼ばれて前に出た。スーツを着ていつもよりやせて見える先生は、笑顔でわ

たしを見た。

「佐野さん。あなたは一番、学校に来ました」

わたしは意味がわからなくて、先生の顔を見つめ返した。

「佐野さん。あなたはクラスの誰よりも、一生懸命、学校に来たと思います。日数では、ありません。本当に、よくがんばったね」

わたしは二宮先生に、

「はい」

と小さく返して、頭を下げて卒業証書を受け取った。涙がぽたぽたっ、と一緒にもらった卒業アルバムの上に落ちてしまった。涙ってこんなに急にこぼれるんだと、びっくりした。パチパチと誰かが拍手を始めて、クラスのみんなが拍手をしていた。わたしが泣いているからだ。拍手はやめてほしいと思ったけど、よけい涙が止まらなくなってしまった。みんなの前で泣いたのなんて初めてだ。二宮先生が変なことを言うから。最後の最後に、やられた。教室の後ろの自分の机にもどるとき、光樹くんと目があった。彼はもちろん拍手もしてないし、不機嫌な顔をしている。

……かわいそうな、佐野。

とでも言ってる表情だ。それも、わたしにはありがたかった。でも「日数では、ありません」という二宮先生の言葉は、本当に嬉しかった。日数じゃなくて、がんばって来てたというところを、先生は見ていてくれた。

校門の前で、パパとママと写真を撮りながら思った。出席日数、友だちの数、成績の点数、読んだ本の数、お金と同じで、もちろんなんでも多い方がいいんだと思うけど、いくらがんばっても、身長みたいに決まってて、増えないということもある。中学生になったら、もう少し増えるんだろうか？　帰り道、空地をつぶして建った二軒の家の前に来て、わたしは立ち止まった。一軒の家のまわりには、枯れてる植木鉢や、壊れてるおもちゃなんかが散らかったままで、このおうち大丈夫かな？　と思った。もう一軒は昼なのに雨戸が閉まっている。まだ一年も経ってないのに、どちらも昔からずっとあった家みたいだ。

がっかりの数だけは、毎日増えていく。

それなら、ずいぶんとわたしはがっかりを貯めた。がっかり長者と言ってもいい。それを持ったまま、わたしは中等部に進むことになった。

第2章　中学生のわたし

「昨日、夜の十時頃に、渋谷駅で佐野さんを見たっていう先生がいるんだけど？」

「あ、わたしだと思います」

放課後、教員室に来るようにと呼び出されたわたしは、おかっぱの大久保先生に返した。

「塾の帰りって感じじゃ、なかったみたいよ？」

わたしは苦笑して、コンサートに行って遅くなりました、と丁寧に答えた。

「あまり遅くに終わるものは、家族と一緒に行くとか。気をつけてね、服装も」

はい、気をつけます、と頭を下げて、それ以上は話もないようなので、とっとと退散した。廊下を歩きながら、目のまわりをガンガンに黒くメイクしてたのに、やはりバレるんだな、と思った。でも、担任の大久保先生があまり心配してないのは、わたしが問題のある生徒ではなく「ただの音楽好き」だとわかっているからだ。この学校は服装も自由だし、うるさいことは言われないから、わたしはふだんから膝に穴がパックリあいたボロボロのジーンズをはいたり、バンドのロゴが入ったTシャツを学校に着ていく。先生の中には、それを見て、自分もそのバンドが好き、とか、まだ活動してるんだ？とか言ってくる人もいる。でもわたしもバカじゃないから、学校にまでメイクはしていかない。ライブに行くとき、あまり子供っぽいと補導されちゃうからするだけ。誰もいない二年三組の教室に戻って、ママに「ずた袋」と呼ばれているカバンを肩にかけると、レッスンに遅れそうなので早足で学校を出た。

バス停で降りて、家にはよらないで直接、キャンパスの裏門へと向かった。門を入ってからもしばらく歩くので、わたしは革のブーツで、赤や黄色の葉を踏んで急いだ。夏は茂って暗いぐらいだった桜並木も、かつらが欲しそうなぐらい寂しくなってきた。枝のすきまから見える空は青く、小学校の頃、人の土地なのに自分の場所だと思っていた空地から見上げた空を思い出す。あそこに建った家の一軒は今は空き家で、なかなか売れない。わたしもあの家に住みたいとは思わないけど、光樹くんやスペンサーさんみたいに、このキャンパスの中には住んでみたい。きっと外国に住んでるみたいだと思う。でも、ここに住めるのは頭の良い大学の先生とその家族だけだ。わたしは教員住宅の平屋が並んでいる場所に来て、光樹君の家の二軒となりの家のベルをならした。

「ヘッロー」

と出てきたのは、スペンサーさん。光樹くんはもう来ていて、居間のソファーでテキストのペーパーブックを開いていた。頭は小さいのにお尻は大きいスペンサーさんはイギリス人で、顔はちょっと恐い。でも、わたしが、アイムソーリーアイムレイト、と謝ると、

「ネバマイ」

明るく言って、生まれてまだ半年の赤ちゃんを、揺れる椅子みたいなのにのせて、片手でぶんぶん揺らしながら、レッスンを始めた。今年の初め、二軒先に引っ越してきた

イギリス人の教授の奥さんに英語を習うことになった、と光樹くんから聞き、おまけに『プー横町にたった家』を読んでいるというから、

「わたしも習いたい！　光樹くんのママに電話して！」

帰るなり玄関から叫んでママに頼んだ。中学の英語の授業は文法ばかりで、間接話法とか過去完了とか、英語じゃなくて日本語を教えたいのかっていう内容で、カレーライスじゃなくて、ナンで食べるカレーを食べさせて！　という感じ。わたしとしては、好きな曲の歌詞の意味をくわしく知りたいから、イギリス人の先生に直接それを聞けると思うと、すごく嬉しかった。習い始めてから、彼女はそこまで日本語がしゃべれないということを知って、ちょっとがっかりしたけれど。でも、気にしないで英語をまくしたてるスペンサーさんの顔を見てると、なんとなーくわかってくるから不思議だ。"The house at Pooh corner"を読んで、発音をなおしてもらって、簡単な質問に英語で返して、それから会話の練習みたいのをちょっとやって、一時間ぐらいで終わる。赤ちゃんが泣きだすと、大きな声で英語を読まなきゃいけないから、それもよい練習になってる。

「赤ん坊もデカいよなぁ。頭の形もぜんぜん違うし」

と言う光樹くんは、好きで習っているという感じでもないけど、棚にびっしり詰まってる画集や写真集を、レッスンのあとに見せてもらったりしている。わたしもレッスンが終わってから、紙に書き写した英語の歌詞をスペンサーさんに見せて、いろいろたずねる。今日もわたしの持ってきた歌詞を見て、

「まーた、古い音楽ですね」

彼女は笑った。ビートルズから洋楽ファンになってしまったもんだから、しかたない。

「日本語の訳を読んでも意味がわからなくて。なにを言ってるんですか？」

スペンサーさんは、ちょっと黙っていたけれど、灰色の目でわたしの目を見て、言った。

「歌、詩、はセンテンスのおしり、同じサウンドにします。だから、言葉を選びますね」

韻を踏むことを言ってるんだろう。

「だから、すてき。ふつうに話すより、おもしろい、ビュティホ。ここで、考えよう！」と、わたしの左胸をポン！　と叩《たた》いた。えっ？　それだけ？　と英語で返すことができないでいると、ビッグベイビーが泣きだして、しかたなくサンキューと言って、おいとました。

「ヘイ、ロックンロー、佐野」

スペンサーさんの家を出ると、光樹くんがちょっとバカにしてる感じで言った。

「うるさい。ロックじゃなくて、最近はプログレ」

「なにそれ？」

説明するのは面倒なので、音楽の種類、とだけ言ってわたしは歩き出した。

「バンドやれば？」

光樹くんは自分の家の前に来ると、とめてある自転車にまたがって言った。他の男子はタケノコみたいにのびているのに、彼はあいかわらず小さい。少しはのびてるのかもしれないけど。

「聴いているだけで、べつにいい」

わたしは返した。音楽を聴いて、世界には同じことを考えてる人がいるんだな、って思うだけでいい。そこがよくて洋楽にはまった。日本の曲は、元気だせとか、大丈夫とか、はげますような歌ばかりだけど、古い洋楽は、がっかりしたことや悲しいこと、どうにもならないこと、複雑な気持ちを素直にひたすら語っている歌詞が多いような気がする。ああだこうだと、決めつけないのが好き。意味がはっきりしない曲も多いから、スペンサーさんに訊《き》きたくなっちゃうけど。

「本を読んでるのと同じだから」

小学校の頃、くり返し同じ童話を読んでいたけれど、それが洋楽になっただけ。聴いてるときは、わたしだけの世界がそこにある。ふーん、と光樹くんは自転車をゆっくりとこぎだして、わたしのまわりをぐるりと一周すると、

「じゃね。そのブーツ、いいね」

ピューッと、どこかに行ってしまった。あっそ、とわたしは自分のブーツを見た。パ

パとママは嫌いなんだけど。もっと「落ち着いたもの」を履きなさいって言う。落ち着いたもの、ね。とことん地味に、わらじとか履いてみようかな？　家に向かって歩きながら、光樹くんの家に初めて来たとき、案内してくれたお姉さんのことを思い出す。革ジャンを着ていてカッコよかった、あの感じが今のわたしのお手本になっているかも。

「……『ここで、考えよう』か」

左胸に手をやって、スペンサーさんの言葉をつぶやいた。頭で考えてるからダメなのかな？　ここで考えることができたら、歌詞の意味がもっとわかるってことかも。

「ちょっと、実花」

玄関でブーツを脱ぎながら見上げたママの顔は、スペンサーさんよりも恐かった。なにを言われるのかわかっていたから、わたしは自分から居間のソファーに座った。

「大久保先生から電話があったわよ。昨夜のコンサートは、由香子お姉ちゃんと一緒だって言ってたわよね？」

由香子お姉ちゃんは従姉妹《いとこ》で、わたしより六歳年上だから、ウソをつくときに適当に使わせてもらってる。「そのはずだったんだけど、チケットが一人分しか取れなくて」と、さらにウソを重ねようとしたけれど……やめた。「頭で考えない」という言葉が、ふと頭に浮かんだから。わたしは笑顔で言った。

「うん、イッショって言ったけどイッショじゃなかった。イッショウ、イッショに行くわけにもいかないし、無理っショ、ショージキ、ケショウして行くっショ?」

ママの顔は一時停止したみたい止まっていた。歌詞みたいに韻を踏んでしゃべってみたんだけど、ラップか、ただのダジャレになってしまった。

「……あなた、どうしたの?」

わたしのおでこに手をやりかねない感じだった。

「あのさ、ママ」

わたしはママの目を見た。スペンサーさんの真似をしてじっと見つめてみた。

「日曜の昼にやってるような、アイドルのコンサートとか、クソみたい」

ママは、わたしにがっかりしたと思う。それっきりなにも言わなかったから。晩ご飯も、お豆腐と納豆と漬物と佃煮だけだった。なんであんなことを言ったんだろうと、ベッドの上で思った。でも、言わずにはいられなかった。ママのことが嫌いなわけじゃないんだけど。わたしはヘッドフォンをして、眠りについた。耳が悪くなるといつもは注意されるけれど、今夜はママも部屋をのぞくことはしないだろう。

翌日、学校に行ったわたしは、また呼び出された。先生にではない。となりのクラスの中井さんという、ふだん話したこともない女子にだ。放課後、教室に残って音楽雑誌を読んでいたら、中井さんと仲間らしき女子二人が入ってきて、ちょっと来て、と廊下に引っぱり出された。

「……あんたさ、ブサイクなくせして、なにカッコつけてんの?」

面と向かって、いきなり言われた。わたしは、なにがなんだかわからなくて、ボケッとそこに立っていた。

「えらそうに。先輩とかにも、ちゃんと挨拶しろよ」

さらに意味がわからなかった。怒られているのはわかるが。なぜ同学年の人に生活態度を怒られる？

「聞いてんの？」

わたしは中井さんを見た。ミニスカートをはいて、カーディガンみたいなのを羽織って、わざわざ制服みたいな格好をしている。微《かす》かにキラキラしているリップを塗っていて、うっすらとピンクのネイルもしている。どれもハンパだ……。わたしは黙って教室に戻ろうとした。

「ブスっ！」

わたしの背中に向かって、もう一度、彼女は言った。

「なんだよ、そのTシャツ、ダッセ。ってか、クラいんだよ」

わたしはふりかえることなく、教室に戻った。昨日の今日で、こういうことが起きるんだ、と思った。死んだおじいちゃんが教えてくれた「因果応報」ってやつだ。

また中井さんたちが来ると嫌だから、図書室に移動して、雑誌の続きを読んだ。けれど内容はちっとも頭に入ってこなかった。考えているのは、「ブスっ！」と言われたことでもなく、岩崎さんのことだった。中学に入ってからも、彼女はここでマンガを描いていたけど、二年になったぐらいから姿を見なくなった。所属している美術部にもあまり出ていないという。

「この学校、変わっちゃった気がする」

岩崎さんは一年の終わりぐらいからこぼしていた。

「自由な学校なのに。他の小学校から入ってきた子たちが、普通の学校にしようとしてるし、下から来た子もそれに合わせてる」

がっかりしている顔で言っていた。確かに先輩に挨拶しろ、なんて言われたのは初めてだ。

「規則だらけの学校から来た子なんか、自由すぎると、逆にどうしていいかわかんないんだよ。だから、あれしちゃいけないんだ、これしちゃいけないんだ、ってわざわざ自分でルールを作るんだよ。こういう子がまとも、って自分たちで決めて、そうでない子を、すごく嫌がる」

岩崎さんは怒っていた。小学校の頃から、合わせないと仲間はずれにされるいじめはあったと思うけれど。でも、岩崎さんが言うみたいに、ここまでみんながぴりぴりはしてなかったし、もっとのんびりしてた。

「だったら普通の学校に行けばいいのに」

彼女の言葉から思い出したのは、別の事件だった。タレントの子供が中等部から入ってきて、自由なもんだから、その子が夜も帰らないぐらい遊びまくっちゃって、そのタレントが「最悪の学校だ。子供を入れるんじゃなかった」と雑誌に書いたのだ。その子みたいに、自由だからとどんどんダメになってしまう子は、たくさんいる。だから、うちの学校にはお決まりの文句がある。

『自由をはき違えてはいけません。自由とは、自分で責任をもつことです』

そう教わってるから、生徒は行事の挨拶や作文などに飽き飽きするほど「自由をはき違えてはいけない」っていうフレーズを使うんだけど。たしかに自由って、そんなに簡単なものじゃないのかも。

「規則があった方が、らくなんだよ。自分で考えなくていいもん」

わたしは岩崎さんに言った。

「わからん、わたしにゃ、わからん」

彼女は腕を組んで、首をよこにふっていた。わたしは、ちょっとわかる。夜のライブに行くのだって、そりゃあドキドキして、行くか行かないか、すごく悩んで決めてる。自由な学校だって、先生に呼び出されれば、血の気がひくし、ママとケンカしちゃえば、楽しかったライブだって「嫌な思い出付き」になってしまう。それを考えると「規則が厳しいから、ぜったいに行けない」って最初から決まっていれば、悩む事もなくて、らくだ。

まったく読めない音楽雑誌を「ずた袋」にしまって、わたしは図書室を出た。近くにある美術室をちらっとのぞいてみたけれど、岩崎さんはいなかった。女子が二人、折り紙で立体の作品を作っていて、光樹くんはミシンみたいな電動の糸鋸《いとのこ》で、薄い木を器用に切っていた。この学校も、危ないからとノコギリが使えなくなる日がそのうち来るかもしれない。そうなったら「わたし」も出席日数で、判断されるだろう……。

無性に音楽が聴きたくなってきた。

わたしは走るようにして家へと急いだ。ママはお稽古でいない日だから、部屋でガンガンに響かせて聴こう。わたしの好きなアーティストたちは、

「危ないからノコギリを使わないなんて、ナンセンス。安心するために自分をしばるなんて、バカがやることだぜ！」

と言うに違いない。


「お願いします」

わたしはパパとママに頭を下げていた。土下座はやりすぎだと思ったからやめた。

「チケットが取れなかった来日公演が、一枚手に入ったって、由香子お姉ちゃんから電話があったの。でもS席で、すごく高くて、わたしブーツとかチケット買うので貯金ゼ

んぶ使っちゃって、もうお金ないの。でも、あの曲が、生で聴けるかもしれないんです」

わたしを助けてくれた、あの曲が！

「コンサートに行きたいです。クリスマスもお年玉も誕生日もなしでいいし、年末の大掃除、ぜんぶわたしがやります」

うそ泣きするつもりだったけど、しゃべってるうちにホントに涙がこぼれてしまった。最近のわたしを怒っていたから、ママはずいぶんと悩んでいた。パパがよこで「行かせないと、またなんかやらかすよ」と言ってくれて、しぶしぶうなずいてくれた。でも一緒に行って、会場の近くで待っているという条件だった。ママと一緒だと派手な格好もできないし、コンサートのあと、帰り道に一人で感動している時間が好きだから嬉しくないけど、行けないよりはいい。一日、一日とコンサートの日が近づいてきて、わたしは落ち着いてはいられなかった。ちなみに来日公演というのは、シーズン的に秋が多い。秋は、今もわたしが苦手とする季節だ。でも、最近は秘密兵器があるから大丈夫。

いよいよ明日は、コンサート！

という日の夜、早めに寝たわたしは、ガバッと起き上がった。やっぱり深夜になって胸が苦しくなってきた。ゼーッと胸が鳴る。実は先週ぐらいから夜中に胸が鳴りだしていて、その度に秘密兵器を出してこっそり吸っていた。すぐに落ち着くので、それでどうにかやり過ごして学校にも行っていたけど、完全には治っていないようで、また苦しくなってきた。高田くんから分けてもらった吸入薬だから、自分の症状にはあまり合わないのかもしれない。でも、明日がダメになることだけは、許されない。いや、ありえない。這《は》ってだって行くつもり。わたしは吸入器を口にくわえて、何度も、たっぷりと、それがなくなるまで吸った。そしたら、なんだか胸がムカムカしてきて、目の前が青くなってきた。胃も気持ち悪くなってきて、なんか変だなと思って、念のためにトイレに行った。便座に座って、大丈夫すぐによくなるから、と自分に言った。そうだ、明日のわたしを想像しよう……。

巨大なコンサート会場で、ついにあの曲を聴いて、両手をあげて、何万人の観客の中で、誰よりも感動しているわたし！

……まじで気持ちわるい。吐いといた方が、すっきりしていいかもしれない、と便座に顔を突っこんだ。晩ご飯はあまり食べてないし、水みたいなものしか出なかったけど、楽になったような気もした。これで少し眠れるかなと思ったり、でも、さっきより頭がガンガンしてきて、考えがまとまらない。もう必要ないのに、また何かがこみあげてきて、吐いた。こういうの映画で観たな。自分が薬漬けのヤバいミュージシャンみたいになってる、と気が遠くなりながら思った……。

気づくとママとパパが、あっちだこっちだと騒いでいて、わたしはママの膝に頭をのせて車の後部座席に乗っていた。どこかに行くところらしい。パパはこの寒いのにTシャツだけで運転している。ますます映画みたいだな、と思った。流れていく街灯を見ているうちに、また気分が悪くなってきて、目を閉じていた。

「この吸入薬は、処方されたものじゃないんですね」

総合病院の救急の先生に、怒られた。ママは、どこで手に入れてたのかはまったく知らないとわたしの方を見た。使用期限も切れてるらしい。大切に使ってたからね。ナントカの数値がどうのこうのと若いお医者さんは顔をしかめて、点滴と、大きな機械で正しい吸入もすることになって、朝になったら検査をして、帰れるのはそれからのようだった。

「何時に、帰れる、かな?」

わたしが聞くと、ママとパパは、同時に首をよこにふり、コンサートはなしだということが決まった。それでも、部屋の窓からぬけだして行こうと真剣にたくらんだけれど、先を読まれてパパが早々にチケットを由香子お姉ちゃんに返しに行って、ハッピーな人が、たぶんそれを手に入れることになった。あの曲を、生で聴けなかった。

……がっかり。本当に、がっかり。

人の薬を飲んでいたことは、ママにも大きながっかりを与えてしまったようだった。

「どうして、人の薬なんか使うの?」

「だって、薬使わせてもらえないから」

「あなたは、使える薬があまりないからしかたないでしょ」

「ママは恐いから、薬を使いたくないだけだ」

ママのママ、わたしのおばあちゃんはママが若い頃に、使った薬が原因で死んでしまったそうだ。お医者さんは関係ないと言ったけど、おじいちゃんは裁判を起こせばよかったと言っていた。わたしは三歳でぜんそくになって、最初は薬を使っていたけれど、すぐに効かなくなって、しかたなく強い薬を使うようになったら、気分が悪くて倒れちゃったりして、ママはおばあちゃんのことがあるから心配になってきて、自然療法を始めた。だから小さいときから鍼《はり》をやったり、特別なお水を飲んだり、老人ぽいことをしていた記憶がある。

「わたしが治してあげないみたいな言い方をしないで！」

さすがにママは怒った。わたしが苦しんでるのを喜んで見てるわけじゃないのはわかるけど、おばあちゃんが薬で亡くなってなかったら、気にせず強い薬を使って、わたしはぜんそくが治ってたんじゃないか、と思いたくなる。薬が普通の人みたいに効かないのは誰よりわかってるし、おばあちゃんからの遺伝なのかもしれないけど、体までみんなと違うというのは、悲しい。みんなと合わせるのが難しいのもしかたない。体から変わり者なのだ、わたしは。それきりママが怒ったまま沈黙しているので、わたしはつぶやいた。

「合わない薬だって、コンサートに行くときぐらい使ったっていいじゃん」

「毎日を元気に暮らす方が大切でしょ。なんで、もっとふつうにできないの？」

ため息をついてママは言った。わかってないな、と思った。

「ふつうになれないから、こまってるんじゃん。わたしにどうなってほしいの？」

「どうなってほしいとかじゃなくて、ただ、あなたのためを思って、こうしたら？　って言ってるだけ」

「そのままでいいよ、ってなんで言ってくれないの？」

ママは一瞬黙ってから、

「言ってるわよ！」

大きな声で泣きだした。わたしが病気でなかったら、ママはどんなママになってたのかなと思う。わたしが知ってるママは、もう今のママだった。でも、ママの中に私の知らないママがいるのもわかる。ママも、変わり者なんだな、と思う。ママも、ふつうに生きるのが難しい人なのかも。泣かしちゃって、悪かったな。

コンサートに行けなくて、がっかり。

学校にもがっかり。家族にもがっかり。

そして自分も、がっかりな人になっていく。


「ディサポインテッド」

英語ではそう言うと、スペンサーさんが教えてくれた。ディスは否定だから「ディス、アポイント。予約できなくて、がっかり」と、すぐに覚えた。よこで聞いてた光樹くんは、ぽつりと言った。

「ディ佐野ポインテッド」

うまい！　とわたしは笑った。もし将来、タレントかお笑い芸人になったら芸名にしよう。

レッスンのあとに、久しぶりに光樹くんの家によることになった。

「年末にチーコ死んだから、もううちに来ても大丈夫なんじゃない？」

光樹くんから、そう言ってきたのだ。彼はいまだにネコが原因でわたしが家によらないと思っていたのか。わたしはネコのことなんか忘れてて、そこまで仲良しでもないし、よる理由もないからよらなかっただけ。

「作ったやつ、見てかない？」

光樹くんは、わたしを家に呼び入れて、彼は本当に成長しているのだろうかと心配になりながら、おじゃまします、と懐かしい家に入った。前に来たときとあまり変わっていなかったけれど、光樹くんのお母さんはさらに太ったようで、居間のカウチにつらそうに座っていて、立たずにわたしに微笑《ほほえ》みかけた。

「あら、いらっしゃい！　めずらしいわね。お母さんは元気？」

元気です、と返しながら、温かいリンゴジュースは出てこなそうだと思った。ますますよる意味がなくなってきたけれど、一応、光樹くんの部屋に行って「見て」と言うものを見ることにした。お姉さんは別の部屋に移ったのか、そこは光樹君だけの部屋になっていた。

「すごっ」

本棚、たんすの上、窓の下、床にも、そこら中に飾ってある彼の「作ったやつ」を見て、思わず声がでた。紙粘土の作品が半分、あとは段ボール、バルサ、自然の木、割り箸、空き缶と麻ひもなどのリサイクル材料で作られたものだ。おとくいのごってりした船や、お城、ビルが並ぶ摩天楼、駅、寺院らしきもの、未来の車みたいなものもあった。きっちり端と端をそろえて作ろう、というのは相変わらずないみたいだが、迫力は増した。以前より、色の重ね方が上手になっているぶんキョーレツで、紙粘土も指のあとをわざと残して、それを模様みたいにしているから、なんか生き物みたいな気持ち悪さがある。

「……………」

わたしはけっこう長いことそれらを見つめていた。わたしの聴いている音楽の何曲かを、ママは「暗いし、気持ち悪い」と言う。小学生の頃だったら、同じ感想をここで言ってたかもしれない。でも今のわたしは、カッコイイかも、と彼の「作ったやつ」を見て思ってしまった。光樹くんは「どう?」と聞くわけでもなく、ホコリなどはらいながら、見てくれたならもうそれでいい、という態度だ。そして、ちゃぶ台みたいな机の下から制作中の作品を引っぱりだした。やはり紙粘土で作られていて、まだ全ては白かったが、

「わかる?」

彼は聞いて、わたしはうなずいた。最近、わたしがスペンサーさんにリクエストして、読み始めた『不思議の国のアリス』だった。けれど彼が作ったものは挿絵とも違うし、ディズニーのアニメとも違った。アリスは小さくて、そのよこのティーカップは巨大で

めちゃくちゃに割れている。壊れた瞬間らしく、中の紅茶もバシャッと生き物のように飛び出している。そして、それらを見下ろしている巨大なウサギの左胸に、古い時計がはめこんである……。

「母さんが、ご飯茶碗を割っちゃって、めちゃくちゃになってるその形がおもしろいから、参考にしたんだ」

と光樹くん。これを見て気持ち悪いと思わないのは、わたしの好みが変わったから、ではなくて、光樹くんの作るものが、気持ち悪くても、とてもりっぱになったからだと思った。すごくいい、と褒めようと思ったけど、なぜか言えなかった。代わりに言った。

「……色を塗るところが見たいから、やるとき教えてよ」

光樹くんのママが居間から呼んだ。お茶よ、と荒い息で言って出してくれたのは、ミルクティーだったけど、やはりふつうじゃなくて甘いバニラの香りがした。それを飲みながら、英語でこの気持ちを「ジェラシー」って言うんだよね、と思った。

週末、乾いたから色を塗るというので、わたしはその作業を見に行った。アクリル絵の具を並べた光樹くんは、らくがき帳のようなノートを開いて、わたしは驚いてそれを見た。この作品の設計図があり、どこに何色を塗るかも、色えんぴつで塗って決めてある。てきとうに塗ってるんだと思った。

「失敗するから、最近は試しに紙に描いてみてるんだ」

そのとおりにしたり、ちょっと変えたりして、光樹くんは色をどんどん重ねていった。アリスの服は囚人のように白と黒と灰色の縞《しま》だった。わたしは、手際はいいけど雑な光樹くんに、そこ塗れてないよ、とか、色混じっちゃってるから、とか、よこから口を出して、彼も、そうだね、とのってきて、せっせと仕上げていった。真っ白な状態でも良かったから、色塗ったら逆にがっかりになるのではと心配したけれど、迫力がさらに増して、すごいことになった。ただ、出来上がった彫刻……っていうのかわからないけど、それは紙粘土だからカサカサな感じで、いまひとつ子供の作品みたいなのが、もったいなかった。

「マニキュアのトップコートみたいなの塗ったらどうかな？」

わたしは提案した。光樹くんがなにかわからないみたいなので、マニキュアは色塗ってから、透明なのを最後に塗るんだと言ったら、

「ああ。ラッカーね」

と彼は言って、あまりピカピカにするのは、好きじゃないみたいだった。わたしは塗った方が絶対にいいと思って、

「でも塗っとけば、万一濡《ぬ》れても水をはじくし」

無理に理由をつけて言った。

「池に沈められても、大丈夫って?」

光樹くんはつぶやいた。わたしは驚いて彼の顔を見た。すっかり忘れていたけれど、彼はもちろん忘れてはいない……。光樹くんの家を最初に訪ねたのも、その事件があったからだったと一気に記憶がよみがえった。自虐ネタだったのか彼は、ハハッと笑って、じっと自分が作ったものを見つめている。何も言えずにいたわたしは、口を開いた。

「でも、やっぱり、光らせた方がいい感じになると思うけど。それで、工作展とかに出

しなよ」

「出すの？　これを？」

光樹くんは、考えてもいなかったようだ。わたしはとにかく、なにかでコーティングした方がいいと言い張った。それで「上からまた少し汚せばいい」と。それを聞いたとたん、いいかもしれない、と光樹くんは急にその案に大賛成して、ラッカーを塗ると決めた。

外に出るとすっかり日が暮れていた。裏門まで送ってあげなさい、と言われた光樹くんは、寒いとぶつぶつ言いながら、わたしと歩き始めた。

「……さっき『沈められても』って言ってたけど。あの船、自分で水に浮かべたんじゃなかったの？」

もう昔のことだけど、わたしは光樹くんに聞いた。

「おれバカじゃないよ。つい、浮くって言っちゃったけど。やつがホントに浮かべるとは思わなかった」

「やつ……西原くん、中等部に来なかったね」

「やつはね……おれがあの池に、沈めたよ。船と一緒に池の底で眠ってる」

光樹くんは笑いながら言ったけど、彼のキョーレツな作品を見たあとに、このような暗い道でそんなことを言われると、まったく笑えなかった。

ラッカーでピカピカにしてから、また汚しをかけた『不思議の国のアリス』の作品を、光樹くんは美術部の先生に相談して、市民美術館の公募の学生部門に出品した。ゴールデンウィークに発表があり、なんと優秀賞をもらった！　受賞作品は、美術館の無料で入れる展示室に二週間展示されることになった。

「実花ちゃんに、すごく感謝していたわよ」

光樹くんのママと展示を観に行ってきたママは、わたしに報告した。

「わたしは、べつに関係ないよ」

光樹くんにとっては嬉しいことだけど、彼と自分を比べて、わたしはまた自分にがっかりしていた。変わり者で、学校でいじめられたりしていても、光樹くんみたいになにか一つ、上手にできることがあれば、楽しく暮らせる。洋楽を聴いていても、「自分がふつうじゃない」って悩んでいる人は多い。でも彼らは、その気持ちを曲にして、遠い国のわたしにまで、その音楽は届いてる。わたしはふつうの女の子にもなれないし、だけど何かが特別上手でもない。音楽も美術も。聴いたり観たりするのは好きだけど自分ではできない。

「ギターでも習ってみたら?」

ママは言うけど、楽器は学校でやったことがあるから、自分に向いてないのはわかる。歌をうたえば、自分が音痴なのもわかる。パパは音痴でもカラオケが好きだから、わからない方が幸せなのかもしれないけど。絵だって、自分が描いた絵が、すごくいいとは思わない。

「お菓子作りぐらいかな。自分でも上手って思えるのは」

でもケーキ屋さんになりたいわけじゃない。じゃあ、勉強したら? とママは言う。

「小学校の頃は、勉強がおくれちゃったら嫌だと思ってたけど、今は、どうでもいい」

「いつから、そんなやる気のない子になったのかしら」

「まえは、やる気のある子だった？」

「運動会の前日までがんばりすぎて、本番を休むぐらい、がんばってたわよ」

そうだったかな？　と考えながら、ママが美術館の近くで買ってきてくれた高級なプリンをベッドの上で、苦しくならないよう、少しずつ食べた。ぜんそくになるとわかってたら、早めに展示を観に行けばよかった。展示室であの作品を、知らない人たちが観ているのを見たかったな。展示は明日で終わりだから、ホントがっかりだ。

「高等部に行ったら、勉強はもっと大変になるから。興味を持てるような勉強方法を、考えなきゃね」

来年は高校生か。バイトもできるし、コンサートにも堂々と行ける。そのために元気にならなきゃ。ちょっと、目標ができた。でも、わたしはなにがしたいのだろう？　わたしにも、これだ！　と思えるものが、いつか出てくるのだろうか。パパの妹で、四十歳を過ぎてる京子おばちゃんは独身で、いまだに「この人だ！」っていう男の人に出会えないから結婚できない、と言っていた。わたしもおばちゃんみたいに何も見つからないまま、四十歳になっちゃうのだろうか。なんて思っていると、ママが、そういえば、と続けた。

「光樹くんね、高等部には上がらないって。ドイツの高校に留学するんだって。お父さんが再来年からドイツの大学で教えることが決まったらしくて、ちょうどいいから来年から行くらしいわ」

わたしは目を大きくした。言葉が出なくて、胸だけがゼーッと鳴った。「留学」って、なにそれ。

ドイツで……外国で、勉強する。

それって、わたしのやりたいことじゃない？　わたしの「これだ！」じゃない!?　なんで、光樹くんが。どうして、あいつばっかり！　あーあ、やられた。すぐに、わたしも留学したいと、パパとママに頭を下げて頼んでみた。でも今回は、さすがにだめだった。高校でぜんそくを完全になおして、たくさん勉強して、大学で留学すればいいとママに言われた。「目標ができたじゃない」と。けれどわたしは、結婚できない京子おばちゃんの言葉を、思い出した。

「実のところ『この人だ!』って思う人もいたの。でもたいがい結婚してる人だった。それは、わたしのものじゃなかった、ってこと」

留学するのは光樹くんで、やはり、それはわたしじゃないのかもしれない。

光樹くんに会いたくなかったけど、スペンサーさんのレッスンの日が来てしまって、できるだけ彼の方を見ないで会話の練習をした。光樹くんはいつもと同じだったけれど、もう遠くにいるように見えた。ドイツはドイツ語だから、そっちを習いに行ったらいいのにと思った。スペンサーさんは片手にテキストを持ち、もう片方の手で、ビッグベイビーが乗っている木馬を揺らしていたけれど、手を止めて言った。

「実花ちゃん? アユ、フィリン、オーケイ?」

「ノゥ。フィーリン、ベリーバッド」

わたしは鼻をすすった。光樹くんは、小学校の卒業式のときのように驚きもせず、やや不機嫌な顔で、涙を手の甲で拭《ふ》いているわたしを見ていた。そのとき、初めてわたしは思った。彼から見たわたしって、どんな女の子なんだろう、と。

第３章　高校生のわたし。そして……

わたしは、高校生になった。自転車通学にしたら筋肉がついて、体重が増え、あまり疲れなくなって、自分でも驚くぐらい元気になって、ぜんそくの発作もめったに起きなくなった。自分に合う新しい薬も見つかったけど、それも必要ないぐらいだった。ママとパパはとても喜んでいた。けれど、すぐに二人はがっかりすることになった。

わたしは、高校に行かなくなった。

元気なのに学校に行かないことを「登校拒否」と言う。元気なのになんで学校に行かないの？　何か学校で嫌なことがあったの？　勉強がわからないの？　聞かれても困った。

「学校は、嫌いじゃないよ」

普通の高校とは違うから、受験だの、早く進路を決めろだのうるさく言われないし。でも言われないから、自分のことは自分で責任をもって考えなくてはいけない。大人と同じだ。とはいえ、難しく考える必要はなくて、簡単に言えば好きなものを探して、そのことをもっと勉強できる大学や専門学校を自分で見つけて、そこに行く準備をしたり、留学にだってチャレンジをすればいい。それは将来、なにになるかということにつながっていくだろう。

「それは、わかってるんだけど……。それがちっとも思い浮かばないんだ」

正直に、ママとパパに話した。病気だからと甘やかしすぎたのではないか、わがままなだけじゃないかと、親戚やまわりの人に言われている二人は、困った顔で聞いていた。

「まあ、今は、いろいろあったあとだから……。少し様子をみましょう」

ママはパパに言った。わたしの気持ちを察してくれたみたいだ。おそらく、これ以上はないという「がっかり」にわたしは見舞われていて、しばらく落ち込むのはしかたないと、ママも思ったんだと思う。

光樹くんが死んでしまった。

ドイツに行って、ベルリンの学校に入って、まったく新しい生活を始めて……一年も経ってなかった。サッカーをしていたそうだ。

光樹くんが、サッカーをやるなんて！

亡くなったという知らせを聞いて、あまりのショックに、あたまがボーッとしている中で思った。左胸にサッカーボールが当たったのが死因だそうだ。

もしかしてドイツでも、いじめ？

すぐに思ったけど、そうではなくて、ただ練習をしていてボールを胸で受けただけで、そんなに強い衝撃でもなかったらしい。でも、突然死の原因でたまにあるらしい。奇跡みたいなタイミングで、外からの衝撃が、心臓の動きとピッタリと重なると、心臓が止まってしまうことがあるらしい。何千万、何億分の一のタイミング？　無限に近い番号が付いてるルーレットがあって、その中のたった一つのアタリの番号にコロンと玉が入ってしまったような運の悪さだ。友だちがすぐに先生を呼んで、先生がＡＥＤを取りに行ったんだけど、また偶然、学校のトイレで倒れた人がいて、そちらに持って行かれてしまって、見つからなくて、そんなことしているうちに時間が経ってしまって、救急車も呼んだけれど間に合わなかったという。ちなみにトイレで倒れた人は、心臓の問題じゃなかったそうだ。

そんなに不運が重なるって、どういうこと？　こんなことって……あっていいの？　どうやっても、納得できなくて、頭の中におさまらなくて、もうこれ以上考えるのも無理、となってしまった。わたしはしばらく何も考えないことにした。でも気づくと、光樹くんのことを考えている。彼が旅立つとき、わたしは笑顔で見送ることはできなかった。「おまえばっかりズルい、シネ」って心の中で思った。あんなこと思ったから、ホントに死んじゃった。今度こそ、わたしのせいだ……。

たえられなくなって、わたしは不安げな顔をしているパパとママに背を向けると、逃げるように家を出た。自転車に乗って、あてもなく走り、気づいたら大学のキャンパスに向かっていた。光樹くんがドイツに発ってからは、スペンサーさんのレッスンに行くたびに、空き家になった彼の家を見て、もういないんだなぁ、と思った。でも今はドイツにも、どこにも、本当に、いない。この世から消えてしまった。

ここから出なきゃ、よかったんだ……。

春なのに肌を切るような冷たい風が吹き、吹雪《ふぶき》みたいに花が散る桜並木の下に自転車を止めて、わたしは思った。ドイツなんか行って、サッカーなんかするからだよ。ここから出ないで、好きな工作をしてれば、死ぬことなんかなかったのに。わたしたちみたいな変わり者は、やっぱりここから出ちゃいけないんじゃない？　っていうか、なんで、出なきゃいけないの？

やる気がないまま高校生になったけど、光樹くんが亡くなってから、わたしは学校に行く意味がますますわからなくなった。光樹くんは、みんなとなじめなかったけど、好きなものがあったし、みんなより才能があった。そして世界に旅立った。なのに、消されてしまった。そう、消されたとしか考えられない。

誰に？　私に？　みんなに？

いくらがんばったって、あっけなく人は消されてしまう。彼がすごいってことを、誰も知らないし、気づいてもくれなかった。そんな世界で、明るく元気になにかやろう！なんて考えられない。家で本読んで、音楽聴いて、消されないよう、じっとしているしかないじゃない。

光樹くんのお骨を持って両親が日本に帰ってきたのは半年後で、お葬式ではなくてホテルの一室でお別れ会が開かれた。パパとママは前の席に座ったけれど、黒い革ジャンを着てブーツを履いて出席したわたしは、一人で最後列に座った。見渡すと、スペンサーさんは来ていたけど、小、中学校の同級生は、あまり来てなかった。光樹くんらしくない笑顔の写真が、また似合わない白い花に囲まれて祭壇の中央にある。花じゃなくて彼の作品を並べてあげればいいのにと思った。でも、その横に座っている光樹くんのパパとママを見て、それができなかったこともわかった。黒い服を着た二人は、泣いているわけでもなく、銀行で順番を待っている人と同じ表情だった。半年経ったけど、亡くなった息子の作品を飾る、なんていうところにもまだ来てないのだろう。一度挨拶したことがあるぐらいの光樹くんのパパは、彼と同じく小さい人で、鼻の形が似ているなと思ったら、自分の鼻がつんとしてきた。

「佐野さん、ここいい?」

聞いたことがある声に見上げると、黒いスーツを着た二宮先生だった。相変わらず太っていて、やさしい顔だった。

「お別れの言葉、言わないの?」

「断りました」

わたしは首をよこにふって返した。代わりに足の悪い三井くんが足をひきずって出てきて、彼に感謝していると、静かに語っていた。中学では光樹くんがよく面倒を見てあげていたことを思い出した。

「先生」

わたしは小さな声で、独り言のように二宮先生に言った。

「先生は、わたしが卒業するとき、出席日数じゃない、って言ってくれましたよね」

二宮先生は、前を見たまま、うなずいた。

「なら、光樹くんも……生きていた年数、じゃないですよね？」

先生は、一つ息を吐いて、うなずいた。

「そう、思うよ。でも……短すぎるよね」

先生は、太い指で涙をぬぐった。こんなことって、あるのかな……と、先生も言った。

お別れ会が終わって、二宮先生と一緒に帰る、と言うと、ママとパパは嬉《うれ》しそうな顔をして先に帰って行った。

「佐野さん、あまり学校に来てないみたいだね。体調悪いの？」

駅に向かって歩く道で、先生から聞いてきた。

「いいえ、体は元気です。……ぜんそくのせいにしてたけど、もしかしたら昔から、わたし登校拒否児だったのかもしれない」

わたしが冗談ぽく言うと、先生も、そうかぁ、と笑った。

「学校が、面白くないのかな？」

「っていうか、なにをしていいか、わからないんです。ただ勉強しろと言われても
……」

そうか、と先生はずり落ちてくるショルダーバッグを肩にかけなおした。

「夢はないの、と親に言われるけど、わからない」

そうか、と先生はくり返した。

「得意なこともないし。……わたしが得意なことって、がっかりすることぐらい」

そう言うと、先生は急に、目を大きく開いて、

「ふーん、『がっかり』ね！」

ぱちぱちと面白そうに瞬きをした。わたしは笑って続けた。

「がっかりするのが仕事になるなら、プロになれるぐらいですけど。それでお金を稼げる職業なんてないから」

二宮先生は笑わないで、首をかしげた。

「そうかな。がっかりする、ってことは、とても大事なことだよ。たくさんがっかりして、人は成長していくんだから」

顔のシワは増えたけど、先生の声は変わらずはっきりしていた。

「何かになるばかりがゴールじゃないんじゃないかな。たくさんがっかりしたってことは、お金より、職業よりも、その人を支えてくれるかもしれないよ」

今度はわたしがぱちぱちと瞬きをした。先生は、また大きく息をついた。

「……大島光樹くんが亡くなったことは、本当に悲しい。どうしてこんなことになっちゃったのか……って思う。本当にがっかりだ」

でも、と先生は言った。

「このがっかりは、大切にしなきゃいけない。彼の思い出や、作品や、楽しいこともすべてが、がっかりには入ってるからね」

胸がつかまれたように苦しくなった。ぜんそくの発作ではないのに、のどがつまって声が出なかった。二宮先生は、笑顔になって、わたしに告げた。

「佐野さん。もっと、自信を持ちなさい。たくさんがっかりしたんだから、きみは無敵だよ。もっと堂々としてなさい」

……はい。小学校の卒業式のときと同じようにわたしは小さく返した。でも上を見上げていた。堂々としろと言われたからだ。久しぶりに雲がない空を見た気がした。うすい青色だった。

光樹くんが死んじゃって、悲しい。

わたしは心の底からそう思った。そしたら、とても気持ちがらくになった。がっかりしながら、歩いて行けばいい。行き先がわからなくてもいい、そのままでもいい。でも、堂々と行こう。

「それで、先生は学校に行くようになったんですか？」

「うーん、そうね。まあ、ほどほどに」

窓ぎわに椅子を置いて座っているさくらちゃんに、わたしは返した。授業中とはいえ、校内は静かだ。小、中等部と同様に、高等部もわたしがいた頃に比べると人数がだいぶ減って、寂しく感じる。一階のすみっこにあるこの部屋も、昔は部活が取り合う人気の部屋だったけど、今はさくらちゃんのような子たちがやってくる部屋になっている。

「『先生』じゃなくて、実花ちゃんでいいよ」

わたしは言って、一日分たっぷり淹《い》れてきたコーヒーを、ポットからマグカップに注ぐ。飲む？　と聞くと、さくらちゃんは前髪をいじりながら首をよこにふった。教室には行かないで、ここに来て、わたしや他の先生とちょっとしゃべって、彼らは帰っていく。なかなかいい環境が最近はあるなと思うけど、そういう子たちが増えているということでもある。わたしは、そのハシリだったわけだ。

「ま、好きに呼んでくれていいけど」

さくらちゃんは、はい、と言って、最後にこの部屋を使っていた軽音楽部が残していった年代もののＣＤプレーヤーをチラッと見やった。聴いていたアルバムがいつの間にか終わっている。

「さくらちゃんは、どういう音楽が好きなの？　大好きな曲ってある？」

わたしはスマホを出して聞いた。えーと、と彼女は考えて、名前だけは聞いたことがあるグループの名を言って、いくつか曲をあげた。その中でも一番好きだという曲のタイトルを、わたしは配信サイトで探して、

「聴いてみよう」

スピーカーに飛ばして、二人で黙って聴いた。アイドルグループにしては広い音域を男の子たちは歌いこなしていて、かろやかだ。

「いい曲だね」

曲が終わって言うと、うん、とさくらちゃんはうなずいた。

「聴くと、元気が出る」

いいじゃない、とわたしは返した。他の曲も聴く？　とわたしが言うと、彼女は首を

よこにふって、代わりに聞いてきた。

「せ……実花ちゃんは、それで、高校は卒業したんですか？　大学にも行ったんですか？」

今度はわたしが首をよこにふった。

「行かないよ」

さくらちゃんが不安げな表情のまま黙っているので、わたしは彼女の近くに椅子を持っていって、自分も窓ぎわに座った。そこから見えるグラウンドはあまり昔と変わってない。

「高校はどうにか卒業したけど。英語だけは好きだから、ずっと勉強を続けたかな。バイトしたり、農家で働いたり、ボランティアにも行ったよ。お友だちが亡くなった場所、ベルリンにもお金ためて行ってみた。帰りの飛行機で急に美術をやろうと思って、夜やってる美術学校にも通ったり。やっぱり才能はないけど、絵を描くのは好きかな。うまいのはお菓子作りだけど。今度、マフィン作ってきてあげるね」

「……実花ちゃんは、先生じゃないの？」

じゃないよ、とわたしは返した。

「英語をちょっと教えたりはしてるけど」

このわたしが先生なんか、やるわけがないでしょう。今は校長先生になった二宮先生に、「週に何回か、この部屋に来る子の話を聞いたり、佐野さんの子供の頃の話をしてあげてください」と頼まれたから、来ているだけ。

「ふーん」

さくらちゃんは、改めてわたしのことを上から下に視線を動かして見ていた。

「ちゃんとしたカウンセラーの先生じゃなくて、がっかりした？」

「先生っぽくは、ないと思った」

わたしは微笑んだ。

「先輩みたいなもんかな。文字どおり、がっかりな先輩」

「……がっかりな先輩」

「そう。でも、がっかりに関してはプロだよ。ここに来る子たちは、わたしみたいにちょっと変わってて、『がっかり』を稼ぐのが上手な子が多いと思う。もしくは、がっかりしてることに自分で気づいてない子」

がっかり……とつぶやいて、彼女は床に視線を落としたけど、わたしは続けた。

「わたしもね、昔は、パパやママをがっかりさせたくないって思ってた」

さくらちゃんは、パッと顔をあげた。

「でもね、学校に行く、行かないは、もしかすると関係ないかもしれない。うん、あんまり関係ないな」

わたしはちょっと猫背になって、彼女と視線を合わせた。

「こんな歳《とし》で、仕事も決まってなくて、結婚もしてなくて、ふらふらしてても、わたしのパパとママは、今はちっとも心配してないんだよ。不思議でしょ。なぜだと思う？」

さくらちゃんは、首をかしげた。

「堂々としてるから」

わたしは背筋をのばして微笑んだ。

「わたしは、迷子になってるんじゃなくて、長い旅をしてるんだ、ってあるとき話したの。堂々と胸はって、そう言ったの」

さくらちゃんは、わたしを見つめて考えている。

「さくらちゃん」
十五、六とはいえ、彼女はどんな人生を送ってきたのかなと思った。
「さくらちゃんも旅をしてきたよね。だったら、もっと胸をはっていいんじゃないかな。自分が思ってるより、さくらちゃんはすごい人かもよ?」

彼女は、恥ずかしそうにまた首をかしげた。いつもみんなに言うことだ。でも、自信を持つのって難しい。それは人からもらうものではない。自分で自分の宝箱に気づかないと。

「好きなときにここに来て、さくらちゃんが持ってる、がっかりを聞かせてよ」

彼女が笑顔でうなずいたので、わたしは腰をあげて、コーヒーのおかわりを注ぎに行

った。さくらちゃんが、やっと声を発した。

「ここに来てる、二組の菊池杏ちゃんから、『木曜日にいる先生が、いいよ』って聞いたんです。だから今日、来てみたんです」

「それは、ありがとう。杏ちゃん、宣伝してくれてるんだ」

コーヒーを飲むわたしを見て、さくらちゃんは言った。

「『その先生、なんでか、すごくカッコイイんだよ』って、杏ちゃんが」

なんでか、ね。笑ってしまった。

「こんなんでカッコイイなら、みんなだってカッコよくなれるんじゃない？　嬉しい、悲しい、ああ、がっかりだ、って思って生きてるだけだから。旅は、なかなか終わらないけどね」

さくらちゃんも、椅子から立ち上がって、

「あの、もう一曲、聴いていいですか？」

リクエストした。わたしがスマホを取り上げると、彼女は首をよこにふった。

「わたしの好きなのじゃなくて。ここに入ってきたとき、実花ちゃんが聴いてた曲が、もう一度聴きたい」

「ああ……」

わたしはCDプレーヤーの方を見た。

「なんて言う曲ですか?」

「たぶん」

リモコンの再生ボタンを押して、教えた。

「……そのままにしときなさい、って曲。古いやつだけど、いい曲だよね」

ちくまプリマー新書

200
つむじ風食堂と僕
吉田篤弘
ベストセラー小説『つむじ風食堂の夜』番外篇。食堂のテーブルで12歳の少年リツ君に町の大人たちが「仕事」の話をする。リツ君は何を思い、考えるか……?

X01
包帯クラブ
――The Bandage Club
天童荒太
傷ついた少年少女たちは、戦わないかたちで、自分たちの大切なものを守ることにした……。いまの社会をいきがたいと感じている若い人たちに語りかける長篇小説。

128
かのこちゃんとマドレーヌ夫人
万城目学
元気な小学一年生・かのこちゃんと優雅な猫・マドレーヌ夫人。その毎日は、思いがけない出来事の連続で、不思議や驚きに充ち満ちている。書き下ろし長編小説。

238
おとなになるってどんなこと?
吉本ばなな
勉強しなくちゃダメ? 普通って? 生きることに意味はあるの? 死ぬとどうなるの? 人生について、生まれてきた目的について吉本ばななさんからのメッセージ。

020
〈いい子〉じゃなきゃいけないの?
香山リカ
あなたは〈いい子〉の仮面をかぶっていませんか? 時にはダメな自分を見せたっていい。素顔のあなたのほうがずっと素敵。自分をもっと好きになるための一冊。

ちくまプリマー新書

226
何のために「学ぶ」のか
――〈中学生からの大学講義〉1
外山滋比古
前田英樹
今福龍太
大事なのは知識じゃない。正解のない問いを、考え続けるための知恵である。変化の激しい時代を生きる若い人たちへ、学びの達人たちが語る、心に響くメッセージ。

227
考える方法
――〈中学生からの大学講義〉2
永井均
池内了
管啓次郎
世の中には、言葉で表現できないことや答えのない問題がたくさんある。簡単に結論に飛びつかないために、考える達人が物事を解きほぐすことの豊かさを伝える。

228
科学は未来をひらく
――〈中学生からの大学講義〉3
村上陽一郎
中村桂子
佐藤勝彦
宇宙はいつ始まったのか？　生き物はどうして生きているのか？　科学は長い間、多くの疑問に挑み続けている。第一線で活躍する著者たちが広くて深い世界に誘う。

229
揺らぐ世界
――〈中学生からの大学講義〉4
立花隆
岡真理
橋爪大三郎
紛争、格差、環境問題……。世界はいまも多くの問題を抱えて揺らぐ。これらを理解するための視点は、どうすれば身につくのか。多彩な先生たちが示すヒント。

230
生き抜く力を身につける
――〈中学生からの大学講義〉5
大澤真幸
北田暁大
多木浩二
いくらでも選択肢のあるこの社会で、私たちは息苦しさを感じている。既存の枠組みを超えてきた先人達から、見取り図のない時代を生きるサバイバル技術を学ぼう！

chikuma primer shinsho

ちくまプリマー新書271
がっかり行進曲《こうしんきょく》
二〇一七年一月十日　初版第一刷発行
著者　中島たい子（なかじま・たいこ）
装幀　クラフト・エヴィング商會
発行者　山野浩一
発行所　株式会社筑摩書房
東京都台東区蔵前二-五-三　〒一一一-八七五五
振替〇〇一六〇-八-四一二三
印刷・製本　中央精版印刷株式会社
ISBN978-4-480-68975-7 C0293 Printed in Japan

乱丁・落丁本の場合は、左記宛にご送付ください。
送料小社負担でお取り替えいたします。
ご注文・お問い合わせも左記へお願いします。
〒三三一-八五〇七　さいたま市北区櫛引町二-六〇四
筑摩書房サービスセンター　電話〇四八-六五一-〇〇五三